大方
sight

Man Under the Water

水下之人

吕晓宇 著

中信出版集团 | 北京

图书在版编目（CIP）数据

水下之人 / 吕晓宇著 . -- 北京：中信出版社，2023.8

ISBN 978-7-5217-5875-7

I. ①水… II. ①吕… III. ①长篇小说－中国－当代 IV. ① I247.5

中国国家版本馆 CIP 数据核字（2023）第 124148 号

水下之人

著者： 吕晓宇

出版发行：中信出版集团股份有限公司

（北京市朝阳区东三环北路 27 号嘉铭中心 邮编 100020）

承印者： 浙江新华数码印务有限公司

开本：850mm×1168mm 1/32 印张：8.75 字数：163 千字

版次：2023 年 8 月第 1 版 印次：2023 年 8 月第 1 次印刷

书号：ISBN 978–7–5217–5875–7

定价：58.00 元

如有印刷、装订问题，本公司负责调换。

服务热线：400–600–8099

投稿邮箱：author@citicpub.com

献给

让我有机会经历这一切的父母

和

胖壶作家俱乐部（Wincester Writers Club）

原手稿中夹有照片的扫描版，推测是胖壶作家俱乐部的不完整合影，日期不详。

目录

事先说明

怎么讲这都是一本奇怪的书，奇怪的开始，奇怪的结束。书的起源是2069年在牛津圣安东尼学院做访问学者的夏天。那年的夏天奇热，和往年的英国很不一样。老碰上能源紧张的断电，空调也没什么用处。我到了图书馆，把外套脱了，只穿背心和裤衩。除了偶尔写论文的学生，倒没什么打扰。战后的大学安静沉闷，和我上学时熙熙攘攘的氛围完全不同。不知道现在的学生，一天闷在自己的隔离房间里干些什么。即便我穿得很少，就差光背了，汗还是止不住地往下掉，让人想起在德里的夏天。每到中饭，吃过自带的营养剂，我就会到地下藏书阁转一圈。地下室保留了战前的模样，据说它当年被当作临时防空洞，救下了三四个学生的命。它是学院里唯一没法用电梯的地方，要绕一圈狭窄的锈铁楼梯，走下去。书架紧紧挨在一起。要是找书，就转动上面的手柄，地板和书架发出吱吱的声响。一个老古董，被时间抛弃的机器。他们试了很久，也没装上电梯。要是碰到腿脚不便的学生查书，图书管理员便下楼亲自拿取，爬得气喘吁吁，一嘴不满的嘟囔。我很久没有听到真人的抱怨和骂骂咧咧了。战后大家习惯了沉默。总之，我下来并不是为了找书，只因为这里是午后最凉快的地方。翻一些发黄和散着霉气的旧书、旧地图，打发一个小时，然后重新回到案头。

L 的日记，就是夹在旧书中的。这个称呼和叫法其实都不准确。L，是扉页上留下的名字。当然，事后我弄清了作者真名，但为了隐私起见（没有办法征得他的同意），也因为我资料库以 L 命名，便沿用了这个称呼。叫这东西“日记”不太准确。因为上面没有确切的日期，更不像每天固定的更新。它是流水账、笔记、评论、小说片段的集合，算是一本“手记”吧。我猜作者意外把它夹入书中，想日后来取。本子没有写完，看上去戛然而止。本来，我翻了几页便把它放了回去，但不知道为什么，那纸上的东西，一直在脑海里翻来覆去。一夜未眠后，第二天我一早去了图书馆，把它翻了出来，拿回住处。此后连续数夜，我把它从头到尾读完。大家都有一窥他人隐私时的兴奋，发现暗恋之人仅对自己可见的收藏，像专门为你开一扇门，进入他人内心的捷径。但我对这本手稿，又不是窥探癖那般冲动（或许这是我自己的借口）。我先把它作为史料，后来作为谜题。再后来，和曾经存在过的人有了联系，甚至让我一度相信，这本书就是特意留给我的。逐渐，对这本书的兴趣，超过了我对于原本研究的兴趣（太空旅行伦理史）。结束访学后，我便把这本书带在了身上。

此后六年里，我的部分研究变成了这本陌生人的手记。我尝试去寻找这本书中记录的事件和人物，跑去了不少在战前繁荣一时而如今被人忘却的地方。除了去世的，我见到了书中写到的大部分人，立马可以把他们和书中的描述联系起来，这让我几度感叹不已。遗憾的是，直至今日，我也没能发现作者的下落。我采访的人或是不知晓，或是不愿意透露他的踪迹。他们欲言又止的神情让我怀疑。大家为什么不愿谈及L的所终呢。他们对其描述也矛盾重重。即便考虑到年岁已久，记忆难免模糊不清，这样的鸿沟也让我怀疑：他们说的到底是不是同一个人。至于我自己，因为这本书，有了种种意料之外的遭遇，被安全机关审查了两次，还短暂坐了一回监狱，但每次我都侥幸逃脱。我对这本书的态度来回摇摆，一段时间把它当作恶兆，一段时间当作护身符，三次从垃圾桶里把它找回来，还因此平生第一次打了人。就当我认为自己的命运已和这本书紧密相连，不再可能分开时，它突然在11月的一天清晨，从我的桌子上消失了。我消沉恍惚了数周。所以读者面对的材料，仅是我书中收录和摘抄的部分，原书已无处可寻，死无对证。没有什么能证明原书的存在和以下内容的真实了。

即便如此，我还是尽了最大努力，写得严谨周全，希望经得起时间的考验。本书的结构是这样安排的：先摘录出原书的内容，因为没有标明日期，我估算作者写下的年份和月份。紧跟的章节，我附上关联人物的采访口述、研究笔记、其他辅助材料，来作注释和考证。比如，1 为援引的第一章，1.1 即为后期补充的材料。这是老掉牙的结构安排，但考虑到材料多方的来源，这也是区分原文和注脚最直白的方式。文中的采访全部采用面访的方法，回应近年“重拾面对面采访”的方法转向，也希望把受访对象的微妙反应和环境气氛融入资料的收集中。

不得不说，在纸质无法自动检索的记录里寻找蛛丝马迹，新奇又腐朽。L 所处的时代是纸质和电子交替使用的旧印刷时期。他笔下所写的东西基本属实，能找到外部资料来佐证。当然，那也是新闻常常失真的时代，所以我们对此还要保持一点戒心。他特意虚构的写作容易辨别，我做了部分摘取，但没把这当作重点，这是一桩不小的遗憾。其实，我对那些片段印象深刻，现在无从重读。作者显然希望这些片段留名千古，不是那些忠于现实的描述。可历史总是不能如愿以偿，做到差强人意便是幸运至极。

进入正文之前，有必要基于手上的材料，简要介绍作者 L 的生平和时代背景。他生于 1980 年代末或 1990 年代初的中华人民共和国。确定他的出生年月比想象中要困难不少。这在我们现在看来简直无法想象，即便战时出生的孩子，他们的出生日期和时间也会分秒不差地被记录。L 的出生年份，最直接的证据来自他的博士毕业论文，现还藏于博德利图书馆。毕业论文的作者信息中，他的名字后面写着“(1991—？)”。我不假思索地采用了这个信息。然而，在日后的走访中，不止一人说，他的年纪肯定比 1991 年生的人大，这些引述多来自他的高中和大学同窗。他三十岁以后认识的人，又说他一定不是 1991 年的，起码是 1995 年后。中华人民共和国在 1996 年前并没有出生证明一说，我由此无法查证他的确切年龄，所以，只能根据他的同届学生来推断，他出生于 1980 年代末或 1990 年代初。余下文中还有许多类似的情形，看上去铁证如山的材料都面对含糊不清的下场。

我们大抵知道，他在乡下度过了无忧的童年。在当时规定的针对六至十五岁国民的九年义务教育期间，跟随从乡镇涌向城市的移民浪潮，来到中华人民共和国的中部居住。他在上学时成绩尚可，可不怎么受欢迎，那时的同学普遍认为他高傲自大、标新立异，这都不是什么善意的形容。即便如此，他应是适应当时以考试分数为指标的升学制度，上了市内一所名牌高中，顺利考上重点大学的政治系。到这个时候，他的人生轨迹，除了偶尔的惹是生非和冲撞权威，总体上中规中矩，符合当时社会的主流期望。大学一年级，他突然退学，转去苏格兰的海边大学。在那里，他学习了哲学、美术史、古典学、神学、美学，沾染上了影响他一生的喜好习惯，最后以国际关系的学位毕业，同年进入牛津大学的圣安东尼学院主修政治学。看上去，他保持了学业的优秀，但性格上变得不再争强好胜，对社会推崇备至的成功目标心不在焉，整个人像是松散下来。涉猎的领域杂乱无章，社交全凭兴趣，毫无规划之感。总之，好像没了年轻时那种张狂的聪明劲。

他在牛津度过了五年。牛津生活对他的改变不言而喻。他突然冒出来对于世界各地的强烈兴趣，因介入国际政治事件惹上了不小的麻烦，这或许要归结于牛津当时还残留的帝国主义习性。这本手记主要写于他在牛津度过的第一年，正是思想和人生发生重大变化的时刻。后面也有一些他之后写下的小段落，年月不明。我们知道他从牛津毕业后，在学术界待了两年，然后辞去教职，进入政界。后来做零工，干体力活，流浪和流亡，行踪遍布世界，暴富一时，而后穷困潦倒。战前，他突然消失在了公共记录里，战后则被当作意外死亡的平民，我们还能找到他发表的作品和少许新闻采访。可是，没人确切知道到底发生了什么。他的亲友没有继续去寻找他的下落。

要说他做了什么改变世界的事是毫无根据的，但是也很难相信，他就这么平白无故地没留下什么便消失了。过去六年里，我不止一次地问自己，为什么要去寻找默默无闻的陌生人呢？我不是那种读完作品非要见到作者的人，这样的执念往往带来令人失望的结局。文字时常是一个人能留下的最好的一个侧面。他对我的吸引，除了文字本身引起的共鸣外，还有一种奇怪的印象，就是我仿佛在什么时候见过他。读过他手记的同事，也有一样的感触。为什么？为什么我们对消失了几十年的人会有莫名的熟悉感？我一遍遍地读他的手稿，希望解答这个疑问。当然，如果读者没有产生这样的感觉，也无碍把它当作一本私人微观历史或是侦探小说。说实话，即使找到他，我也不一定安排长谈、求证书中内容。证明他切实存在过，对我来说就足够了。不然他总是幽灵似的存在。我总是不确定，他到底有没有做过这件事，相识过那个人，任何关于他的记录，永远处在不稳定的流动状态，是对我最大的煎熬。

说到这，我们还要说一下 L 生活的时代，以便读者了解当时的社会背景。他出生和成长的时代被称作“后冷战时期”。冷战这个词不准确，现在看来甚至是一种反讽。它指从 1947 年到 1991 年美国、苏联两国未发生直接的武装战争因而区别于欧洲内战（1914—1918 年）及北半球大战（1931—1945 年）的历史时期，忽视了朝鲜战争、阿尔及利亚战争、印巴战争、越南战争、刚果战争、阿以冲突、两伊战争等从未间断的武装冲突。L 出生前后，冷战结束，即便时有发生武装冲突，当时的人们却普遍认为，他们进入和平繁荣、岁月静好的盛世，以全球化一词形容进行了数百年的地域联系和人口流动。人们处在乐观的聒噪中。他们对全球化的描述没有对世界政府或权威的诉求，国际上主流的政治单位是民族国家，即便跨国资本时时刻刻在逾越国家边界。我们还需想象，当时数字化浪潮给他们带来的精神冲击，他们普遍预测，这一技术将给社会带来根本性变革。既有的边界消失，身份政治在后冷战时期突显，人们根据国家、民族、文化、性别、阶级、道德立场，构建自己的身份认同。

这样的时代背景下，L 进入牛津大学。他身边同学的文化背景多元，阶级成分相对稳定。那时候学生由一国转入他国，需要以“国际学生”的身份缴纳高额学费。将不同地域文化背景的人混合教学的方法，处于兴盛之初，想必对于在一国长大的 L 来说，定是不小的新奇。他离开牛津之前，全球社会保持了平庸的乐观精神，对危机的征兆惘然不顾（对此感兴趣的读者可以参考《黎明前的狂欢：后冷战时期的不平等和社会无知》一书）。当时流行的讨论是难民（因战乱或是灾害迁徙而受到社会排挤的群体），气候变化（后冷战时期取代了核危机被认为是将毁灭人类的因素），科技创新（能够变革社会又能帮助个人完成阶级跨越的神秘力量）。时间感剧烈加快，急不可耐，似乎一刻都不能停。停下来就意味着某种灾难的开始。社会相信一蹴而就的事件，认为通过一场运动、一项发明、一次讨论，能发生天翻地覆的变化。一方面，这给人带来前所未有的希望和期待，让他们相信个体和工具的力量。另一方面，他们的耐心耗尽，面对缓慢的生命过程时，显现出极度的沮丧和不安。究竟是这种时间感导致了我们现在的处境，还是我们造成了时间的衰退，现在难有定论。我们看待历史，难免有代际上的优越感，认定自己是过来人，掌握比那时丰富的信息和经验。然而，认为前人愚蠢或奇怪，恰恰是我们无知的体现。即便构造和那时的人类不同，我们也无法否认潜在深处的记忆、冲动和欲念。或多或少，我们都在重复过去。这像是人类的起源和宿命，模仿、变异、重复。

当然了，宏大的时空想象不是本书的目的。我这样说，只是希望读者不要把L当作一个过去的人。陌生人有可能贴近身边，而我们和亲近之人的距离比想象的要遥远。即便始终无法确凿证实他的存在，在我的观念和记忆里，L已比许多世上的人真实和具体。因此，这本书是记录一个陌生人如何“进入”的始末。这样的进入，不受时空限制，四处游荡，无所顾忌。要是六年里有什么收获，就是对陌生人张开双臂。唯有这样，我才能感到片刻的解脱和自由。

>>>

1

共产厨房

The Communist Kitchen

（2014年9月）

1.1

（2069年9月）

1.2

（2069年9月23—24日，墨西哥城）

1

共产厨房
The Communist Kitchen

（2014年9月）

亚历山大，一半墨西哥人，一半英国人，墨西哥城长大，面容俊俏，胡须茂盛，标榜自己的美洲左翼情结。到牛津的第五个半小时，我准备睡一通觉倒时差。有人敲房门。英国晚九点，中国凌晨四点，房间只有空床垫，暖气微开，我本可以立马睡着。亚历山大做了自我介绍，然后说，我们要把所有人叫起来。去干吗，我问。去厨房，他说。我刚准备推辞，亚历山大一手搭上我肩膀，仿佛我们是阔别多年的朋友。他用不容反驳的语气说，快，穿上衣服我们去叫人。我拽了件衬衣套在睡衫上，头发衣服散发洲际航班的餐盒和座椅的恶心味道。他身边还站着一人，个子小，说话声大，听上去是英国南方人。他说着什么好笑的事情，我听不懂。他转过来说，对了，我叫爱德华。印花衬衣，浅灰裤，衬衣耷拉在外面。上下楼梯的空隙，我发现这栋不起眼的小楼有四层，包括地下室和阁楼，住二十多个学生。楼上厨房仅容侧身过，楼下公用厨房稍大，有餐桌，低廉仿木的表面，无论放什么滚烫的东西上去都不会留痕。亚历山大和爱德华双簧似的垄断话语，顺带把我也介绍了。大家睡眼惺忪，没人愿意跟着我们，口头应付说厨房见。我觉得上了他们的当。我们到厨房，抽出堆在角落的椅子，举过头顶递过去，沿着桌子摆下去，像是码头上默契的工友。亚历山大在橱柜里找水杯，一排顺着找过去。妈的，该死，边骂边用力关上柜子。最后凑起来五个杯子，一个玻璃的，其余都是塑料的，荧光彩色底座。他把大灯关了，把烤箱旁边的台灯拧开——谁也不知道为什么厨房里有台灯，翻出透明的沙拉碗，倒扣在手机上，打开音乐，用来历不明的抹布在昏暗的灯光下擦酒杯。

爱德华不知从哪找出半瓶琴酒。兑水喝吗，我问。他们不回答。我怀疑到底是不是在牛津，还是做梦没醒。我们三人收拾厨房，没什么多余的话，坐下来干巴巴地喝水。马可推门进来。我下午在后门见过他，正从汽车上搬东西，一摞摞的纸箱，一定是本地人。他说自己住在岛上，怀特岛，英国的最南端。我听过那儿，日本画家朋友跑到那里写生。很少见到日本人，马可说。他带来沉甸甸的威士忌杯，一瓶

“三只猴子”[1]。亚历山大毫不吃惊，仿佛早预见这一刻。他放下琴酒，拿起威士忌，大方地自己做庄，咕嘟咕嘟地给每人倒上。马可，肤色苍白，头发姜黄，个子高，走起路来外八字，不协调地晃来晃去。他衣服质地好，皱巴巴，一看就是从衣服堆扒出来的。他进来时探出头，左顾右看，羞涩一笑，把门推开，全身斜地进来。精细打理过的是胡子，络腮胡，耳垂到下巴，裁剪整齐利索，金麦色。他说话的时候，不自觉地托着下巴，一丝不苟地捋着胡子。亚历山大习惯不同，说完一句俏皮话，他要捏着嘴角的那缕胡须，往上一卷，放大那得意的笑容。

我以为四个男人要在厨房大吵大闹时，娜塔莎进来了。她带了吃的，白吐司或是玉米卷，反正是我们正渴望的。我发现自己饿得出奇。食物扔进烤箱，没烤盘和碟子，直接放在铁架上。娜塔莎和马可的房间挨在一起，两人见过面。下午是你的妈妈吗，娜塔莎问。是，马可回答。她听说我是印度来的，你猜她怎么说，她说，那你一定是来读东方学的吧。娜塔莎笑着发难。马可立马不好意思地红了脸，不知怎么回复。省省吧，亚历山大说，别对人要求太高，你看看L，要是他不说，你能想到中国人来学政治吗。我没觉得冒犯，回敬他说，因为我们才是政治的未来呀，还有印度。娜

[1] 21世纪初流行的混合威士忌烈性酒，原名是“Monkey Shoulder”，作者说“三只猴子”，应该是指瓶身上的三只猴子标签。

塔莎笑起来，皓白牙齿，鼓鼓的脸蛋。我喝得不多，回到房间时却走不稳。开灯，拿出唱片拨弄。下午收到伦敦朋友寄来的留声机和唱片[1]。指针放在黑色波纹的唱片上，一秒搅动心脏的滋滋摩擦，切特·贝克，比尔·艾文斯，艾灵顿公爵[2]，他们都回来了。我望向窗外，夜淹在黑水里。对面赭红色砖房，布满灰色金属的脚手架，底下是白色的探照灯。它们是夜里唯一发光之物，静置，如同封冻的雕塑。学院混凝土风格的主楼，黑洞洞立着，不发一语。我把窗户推开缝，冷气涌进沉闷的房间。我确认暖气是开的，晚上不会着凉，不会沾染上新生的感冒，然后一头栽倒在光秃秃的床上。

一大早，或许没那么早了，我被推门的声音吵醒，随即听到一声抱歉，人影又退回门外。我起身，把衣服穿好，把门打开，原来是 Scout[3]。我不知道研究生也有这样的安排。她的名字听上去是巴西人，眼光扫过散乱各处的行李。我说，这样吧，今天就不用了，我还在开箱收拾行李，明天

[1] 声音存储的介质。声音震动刻在黑色唱片弧形槽内，以针头嵌入凹槽旋转，以振动重现声音。主要流行于 19 世纪末和 20 世纪早期。在作者生活的年代已是少见，多用于收藏和生活方式的表达。“伦敦朋友”疑为后文的 Didi。

[2] 切特·贝克（Chet Baker，1929—1988），比尔·艾文斯（Bill Evans，1929—1980），艾灵顿公爵（Duke Ellington，1899—1974），为 20 世纪流行的爵士乐手，死于作者出生之前。目前没有系统的作品梳理爵士乐在该时期中国青年人中的流行以及对于其海外居住和身份的影响，因此我们不清楚 L 是在什么样的场合下接触了以上乐手。

[3] 牛津大学及少数英国大学当时仍然存在的旧制度，“Scout”或“Bedder”是为学生整理房间的管家。

再说。她说，没事，这是我的工作。我说，真的不用了。说完我就下楼去洗澡。等我回来，她人已经不见了，垃圾袋换新，水槽擦过一遍。我换上外套和鞋往食堂去，希望能赶上早饭的时间。昨夜出现在厨房的人，坐在了同一桌上，他们朝我招手。一位金发的女生也在。我对头发的颜色不敏感，没有对金发的执迷，但她的头发金得发白，丝丝分明，从耳后梳过去。盘子上一小碗麦片，衣着单薄，我听她是从德国来的，便不吃惊她的耐寒。她与每个人说话，保持适当的热情。亚历山大把在桌子的一头，谁要是来了，他就第一个起身去搬椅子，招呼人坐下，和谁都称兄道弟。

我问金发女生，你是学什么的？教育学，她回答。需要耐心和道德的学科，我说。她看着我，像是在确认我的话是否是玩笑。我忍不住打了个哈欠。她说，我让你觉得无聊了吗？我说，当然不是，我好累，倒时差，昨晚又被他们拉去喝酒。原来昨天是你们晚上大吵大闹，她说。亚历山大听到我们的对话，从桌子那头喊话说，少来这一套，我没时差么，我们昨天就喝了那么小一杯，再说，娜塔莎时差和你一样吧。娜塔莎说，我已经在伦敦待了一星期了。马可来得最晚，他好像把厨房里剩的香肠、鸡蛋、焗豆、黑布丁都拿来了[1]。我们一桌人边说话，边等他吃完，这让他更局促了。

[1] 黑布丁是英国早餐以猪血为主要原料的血肠，已在战后的《食物供给法》中被清除出人类可食用品。

一顿饭过后，我们好像认识很久了，一起约学院演讲后去电影院，再喝上一杯。金发女生起身的时候，我问她，你叫什么？特蕾莎，她说。特蕾莎修女[1]的特蕾莎吗，我说。可没有她的耐心和道德，她说。

学院欢迎新生的演讲前，我换上西服，掸了掸灰，把领带卷在上衣的口袋，准备到最后关头再戴上。漫步到演讲厅，奔向卫生间，一推门，几个人齐刷刷地在镜前，探着身子打领带，抓弄头发，把袖扣戴好。大家礼貌地寒暄，又急迫地想要离开这个场景。我把衬衣最上面的扣子解开，打唯一会打的温莎结，怎么也弄不好，不是下面留得太长，就是上面领结太大，三番五次，头顶后背都冒出汗来。亚历山大进来了，到我旁边。他显然又喝了酒，脸红通通的。人生何处不相逢，他说，从上衣口袋取出领带，在胸前乱扯几下，领带就齐整地出现了。墨西哥绿，我说。看来你是懂的，他说。他摇摇晃晃地走到我面前，把我的领带拽下来，解开，重新套过我的脖子，一边系一边哼着小曲，酒气冲出来。演讲快开始了，掌声从墙壁那一端响起，想必是院长入场了。门猛的一下又被推开，姜色头发的身影冲进来，口里喊着，merde，merde，merde。我听声音才意识到是女孩。我和亚历山大望着她，一言不发。她抬起头，眼神像是孤独锐利的波斯猫，说，女厕那边人太多了。我们点点头说，请随意。

[1] 特蕾莎修女（Mother Teresa，1910—1997），因其慈善事业被天主教会封圣。

我们在众目睽睽之下走进大厅，演讲厅只有第一排的位置还空着。亚历山大说，别急，越是这时候，越要脸不红心不跳。我们努力表现出毫不慌张的样子，走到像是为我们预留的第一排的位置不急不慌地坐下。这时候院长刚说完客套话，开始正式演说。她个子高挑，不寻常的高，骨架宽大，短发齐耳，珍珠耳环项链，用辞典雅。她是历史学家，英国“一战”期间首相的曾孙女。今年是“一战”的百年[1]，她的演讲自然与此相关，或多或少提醒我们正处在同样危险的时代。到了最后，无非诸君要努力，不负时代一类的话。演讲结束，我们在大堂吃点心。她走过来，确保和每人说上几句，让你不觉得被忽视但又不至于耗时太久。我读过您巴黎和会的那本书，我说。她一点也不吃惊地说，是吗，写得可好？我说，至少帮我拿到了最优论文。她说，与有荣焉。亚历山大问，做历史学家是什么感受呢？她说，有次我参加聚会，一位脑外科医生，听到我是历史学家后说，真好呐，退休后我也打算做一位历史学家。我说，是吗，那我也打算退休后成为脑外科医生。你看，这是大家对于历史学的想象。为公众书写记忆，可不是轻而易举的事。她走后，娜塔莎过来说，天呐，我刚才就跟她说了一句话，“你长得好高”，我觉得自己好蠢。亚历山大说，没事，我们都

[1] 当时牛津圣安东尼学院的院长（准确说是学监）是 Margaret MacMillan，加拿大历史学家，英国前首相大卫·劳合·乔治的后人。作者称“一战”，是“1914—1918 年欧洲内战”的旧称。

想说来着，你无疑是我们中最诚实和口无遮拦的。

去电影院的路上，在厕所遇见的姜色头发女孩决定加入我们。她和我们住一栋楼，苏珊，法国人。我想起来我们早见过，领入学材料的时候。我同她说话，她半睁着眼，爱答不理的样子。因此，我们对彼此的印象都一般。她坚持要去那家独立影院，“凤凰映画屋”[1]。电影沉闷冗长，跳换几种语言，不给字幕，我们还没熟到可以在电影院当场讨论的程度，出来后开始争论是故意为之还是放映过失。苏珊没有恒定立场，只是热衷挑战我们形成的主流观点。我们兴奋谈论落幕情节时，她便泼上一盆冷水。后来大家接受了她的批评，认为电影矫揉造作，她又说这电影实为杰作。我第一次见到墙头草的反面——逆风草——抵着风向生长。亚历山大坚持不懈地和她争论，直到我们走回学院。亚历山大说，你能不能不要这么法国，推翻一切、语不惊人死不休，不是哪里我们都需要革命。苏珊说，你是让法国人闭嘴还是让女人闭嘴。特蕾莎说，好了，能不能不要争了，把自己的观点抱回自己的房间。亚历山大说，那是绥靖的选项，你难道忘了我们从今天的演讲中学到了什么。

他们吵得不可开交的时候，我想起一个笑话。说从欧洲厕所的设计能分辨各国的文化差异。传统德国厕所，下水

[1] 凤凰映画屋（Phoenix Picturehouse），原址 Walton 街 57 号，后因经营不善倒闭。独立电影院指非连锁品牌的放映空间，也会放映非大众电影，区分于普通影院。

洞在前，五谷轮回被冲走之前，尚能审视一番，判断有无疾病的征兆。法国厕所，下水洞在后，为的是尽早眼不见为净。英美厕所，两者折衷，水盆使其可见而不可闻。三种文化的特性：刨根问底的反思，激进革命的冲动，功利精明的实用。娜塔莎问我在想什么。我说，想他们什么时候能不堵着门口，我要回去上厕所了。宿舍厕所是老式吊桶设计，一拉环，水从上面冲下来，和过去中国学校的集体厕所设计一样。声响大，能轻松通知一层楼的住户有人正在如厕。墙板薄如蝉翼，像是使把劲就能推到那一边。早上起来，浴室前排着队，见过一两次后，我们穿得越来越少，最后就是裹一块浴巾省事。

我们第二次集体出动是去买自行车[1],装上前后的车灯。马可提醒我们这群外国人，锁了车要把车灯取下，防止偷盗。我们都取笑他，说只有英国人会担心自行车灯被盗。结果到了晚上，车灯果然不翼而飞。我们咒骂着，冒着被警察拦下的风险，夜里骑着无灯的车去超市买打折品。回来的路上，我们经过圣约翰学院的时候，戴帽子的怪人和流浪汉朝我们怒喊：Helmet and Light（头盔和灯）。娜塔莎没听清，在风中问我们，他们在喊什么。苏珊从车上转过头说，哈姆雷特。亚历山大紧跟着说，脆弱啊，你的名字是女

[1] 自行车是战前流行过的陆路交通工具，以人力脚踏为动力。现在还有自行车的残骸展于伦敦的维多利亚与艾尔伯特博物馆。

人[1]。苏珊说，信不信我可以碾过你的车。亚历山大哈哈大笑地说，我可不记得有这句台词。

我们的宿舍是学院最便宜的，没人会整天出去吃饭。厨房里挤满做饭和吃饭的人，掀起一轮又一轮的大讨论。厨房墙上的挂板，贴着通告或是声讨借用食物不洗餐具等罪行的檄文，说是大鸣大放也不为过[2]。爱德华不羞于在厨房拿别人的东西，当面拿。虽然我们每人不时会“借用”牛奶和黄油，但都不如爱德华直截了当、恬不知耻，大家也懒得对他恼火。学生集体厨房，恐怕是欧洲尚未消除共产主义幽灵的地方。身家财产一旦迈入，免不了充公。特蕾莎说，在德国宿舍，冰箱里每人配置一个小盒，自带小锁，捍卫私有财产。大家认为那有失风度，索性任之，可又不够洒脱，每天在厨房听到骂骂咧咧的抱怨。亚历山大和马可，早上定时在厨房里泡咖啡，磨豆子、水煮、净滤。两人拿着磨豆器，在厨房里来回踱步，发出咯吱的响声，嘴里嘟嘟囔囔，像是两只没睡醒的斗牛犬。他们至少要灌下整杯黑咖啡，才真正清醒过来，头发届时顺势而为，一改之前的蓬乱。要是没趁热喝完咖啡，亚历山大不吃早饭，有时靠咖啡工作到中午。他问我要不要喝一点，我说好，让他倒上两指宽的咖啡，然后兑上满杯的热水和牛奶。他摇摇

[1] 引用自英国剧作家莎士比亚戏剧《哈姆雷特》。

[2] 我相信作者在这里是在挪用特定的词汇，但查无所源。

头说，你他妈真是糟蹋东西，但第二天还是照例供给。

厨房里爆发激烈的争论，一是考试时穿的 Sub fusc 要不要取消，二是罗德塑像要不要搬走[1]，都是对布满牛津的等级制的清算。要是清算殖民主义，英国恐怕要撤掉“二战”[2]前所有首相的雕像了。我私下希望保留 Sub fusc，虽然黑袍子拖着挂肩，看起来荒唐可笑，黑色西服刻板生硬，行动不便，简直是一身戏服，但谁又不渴望彰显独特身份的仪式感。他们争来争去，已把牛津看作自己的学校了，要留下这一代的印迹。我没有这么强的归属感，爱穿什么、爱立什么雕像，没什么干系，大长串的菜单上挑了想吃的，吃饱就行。当法国人德国人还在抨击牛津保守体制时，爱德华和亚历山大率先适应了它。他俩拉上彼此，加入辩论社[3]，成了活跃分子。辩论社的老房子散发腐朽之物的潮湿霉味，暖气也差，窗户缝里冷风溜进来。晚上辩论时，前排的人正襟危坐，像是当代贵族的议事组图。要说英国保留了阶级观念，那辩论社就是最集中的文化遗址。当你不是其中的一员时，你以讥讽的眼光看待；可到了这里，又难以拒绝荒谬的私密和等级感。

[1] Sub fusc 是牛津大学规定在学术场合（考试、答辩、入学和毕业典礼）穿着的黑礼服。罗德（Cecil Rhodes，1853—1902）曾任英国开普殖民地总理，是牛津校友和大学捐赠人，因其帝国主义立场在后世受到争议。作者这里指的应是南非和英国撤销罗德雕像的运动“Rhodes Must Fall”。

[2] “二战”是北半球大战（1931—1945 年）的旧称。

[3] 牛津大学辩论社（The Oxford Union Society），独立于学校，是英国历史悠久的辩论社和社交场所，原建筑已毁于战火。

我们在矛盾的心情中披上了黑袍和繁琐正装，结伴前往入学仪式。入学仪式跟名义上的端庄开了玩笑。精心打扮的新生们排在门外，晾晒风干后，进入拥挤通道，一顿乱焖，再紧紧挨着坐下，慢慢熏蒸，等到校领导终于入座演讲时，我们也可被盛盘托出，算作一道好菜。最妙是结尾，为了不让大家停留照相，拖延下一场典礼，剧院拉响火警，作为驱逐新生的良策。大家面面相觑，灰头土脸地到了户外，恰好下着雨，淋个湿透。

娜塔莎终归爆发了。她从上午一直准备着，领带打得一丝不苟。工整的心没得到公正的回报。她扯下领带，解开扣子透气，气汹汹地说，这和驱赶动物有什么区别，我回去一定要给校方写投诉信。我们谁也没把写信的事情当真，因为上一封讨要热水的集体签名信还没半点音信。一周前，宿舍的热水时断时续，最初还是几个小时的停摆，渐渐成了整日整夜，浴室传来洗凉水澡时鬼哭狼嚎的喊声。苏珊的 merde 成了入乡随俗的 fuck。爱德华说，你们要学说 twat。苏珊说，什么？他说，t—w—a—t。我和苏珊跟着重复，t—w—a—t。我们喜欢发音时的噘嘴和短促。亚历山大又一次在这样的关头，表现出他脸不红心不跳的处世哲学。他走进浴室，拧开水龙头，凉水打在身上的一刻，开头唱 Ranchera[1]，水越是凉，歌声越是高亢，冲完，他走出浴室说，我重温了

[1] Ranchera，墨西哥传统民歌，在墨西哥革命前开始流行。

我一半的民族精神。最终，亚历山大起草公开信，爱德华修订，我们二十一个用户签字画押，向学校讨要稳定热水的权利。第二天，学院管家来了，检查一番，说让我们等待专业人士来修理。没有热水的日子里，我们拿上毛巾，游击队一样，去其他宿舍蹭水洗澡，把屋内的暖气开到最大。

当我们灰头土脸地从开学典礼回到住处时，特蕾莎打开窗户大声宣告：伙计们，热水来了。大家鱼贯而入，把典礼的不快抛到九霄云外，脱了袍子，涌入浴室，热腾腾的白色蒸汽从每个浴室的窗户缝里钻出来。一小时后，大家穿着睡衣，女孩头上裹着毛巾，脸色红扑扑地聚在厨房。爱德华从午宴上顺了两瓶红酒，马可拿出切达奶酪，我们坐下来，拿喝茶的马克杯把红酒分了。亚历山大说，我之前在巴黎是 Cheesemonger。我问，是什么？亚历山大说，有战争贩子，Warmonger，也有奶酪贩子，Cheesemonger。苏珊说，你当时在巴黎哪儿？蒙托格伊大街上，亚历山大说。苏珊说，那离我父母家不远，我不喝红酒，谢谢，这是什么奶酪？她拿起切达闻闻，又放回去。亚历山大说，你不喝红酒，也不吃奶酪，你还说自己是法国人。苏珊抬起头，平日半睁半眯飘忽不定的眼光聚得锐利。她对亚历山大说，Don’t be a twat。大家跟着起哄，拍桌子。

马可还没吃饱，开始翻箱倒柜找食材做西班牙蛋饼[1]。

[1] 根据作者的描述，应指 Spanish Tortilla，主料是鸡蛋和土豆的厚饼。

短短一周，他已把这道菜普及为最流行的早餐，致使煎锅供应紧张。他用黄油热锅，抛入切丁的香肠和洋葱，加入三四个鸡蛋蛋液，翻锅时取盘子把蛋饼倒过，再煎另一面。亚历山大说，说到这个，我改良了你的做法。要翻面的时候，亚历山大把锅放进烤箱上层，把蛋饼正面烤熟，没了翻锅时的风险。娜塔莎说，我也有改良的方法。她从壁橱中取出从印度带来的香料，像在一个针线盒中，分门别类地摆着五颜六色的咖喱料。她用勺子舀姜黄粉和香菜粉，用手碾着，洒在还未成形的蛋饼上。There you go，她说。

两周后，我们收到学校回复娜塔莎的正式邮件：

> 我们就入学仪式时的火警驱逐和你们可能由此经历的不快致以诚恳的歉意，你们的反馈将被认真考虑，借以改善日后的相关仪式及安排。诚挚的，
> 牛津大学校方。

我向娜塔莎转达了这个捷讯，她像是早忘记了这事。她的房间里，一块毯子铺在中央，她盘腿坐着，给我倒滚烫的大吉岭茶，闲谈。床垫掀起来推到墙角。她不习惯软床垫，宁愿睡床板或是地上，这是田野留下的后遗症。她的发展学研究是印度西部的游牧民族，同他们生活后，习惯睡在坚硬地上，回到软垫则全身不适。她正在准备下一次田野，墙上贴着印度西部的地图，红色和绿色的荧光笔记。送她来

牛津的最后一批亲友在开学典礼后离开了，娜塔莎的父亲在伦敦飞往德里的飞机上。她是意外之女。当时父母年事已高，未想到老来得女。姐姐年过四十，父亲疾病缠身，母亲去世。她是印度大学招生考试的德里状元。她说完这些，把茶喝完，走到水槽给烧水壶灌水。你们男生是不是往房间水槽里尿尿，她问。我认识的每一个男生恐怕都做过这件事。没有，从未听说，我说。你说英国的水龙头是不是很奇怪，为什么一头特别烫，一头特别凉，她说。对，你要是把两头都拧开，一半烫一半冰，弄得人精神分裂，我说。你不会觉得暖气太热了吧，她问。刚好，我的家乡到了夏天和德里一样热，习惯了，只有白人才喜欢把房间弄得冰凉，我说。那就好，她一边说，一边用烧好的水给我们添茶[1]。

那段时间，我们摸清楚楼里大多数人的底细：专业、家乡、恋爱关系、是否爱喝酒。住客覆盖十一个国籍，有加纳人、土耳其人、埃及人、保加利亚人、日本人、荷兰人等。奇怪的是没有美国人，国际学生的第一大群体，我们说

[1] 说到这里，我们需要留意一下当时英国大学单人房的空间。通常学生宿舍在十平方米左右，配有 90 厘米 ×190 厘米的单人床，水槽，镜子，衣柜，床头柜，灯，暖气片，书桌，椅子。如此设置似乎假设多数学生是独身状态，但这与当时普遍恋爱和同居的事实相悖。租金取决于是否有单人卫生间和公用厨房的人数等，即便是普通宿舍在大伦敦区的租金也可占去工人收入的三分之一以上。加上学生还需承担学费和生活费，这让他们在经济上近乎不能独立，从而成为社会上主流的“寄生群体”（这一表达来自《论寄生社会的起源和灭亡》）。战前，青年学生的生活空间延伸到职场早期，城市中的样板居住空间得以推广。关于这一方面的论述，可见《个体的诞生和生活空间的压缩标准》。

第一世界的学生可能住在对面昂贵的宿舍里。学院的男生迫不及待地想认识住我对面的土耳其姑娘，她的相貌在开学第一天就引起关注。我与她仅有一面之缘，她抵达后的第二天清晨来借牙膏，深褐色的眸子。过来还牙膏的时候已是午后，她对里面的中药味甚是好奇。我问她是从土耳其过来的么。她说，不是，去巴西的世界杯后，在那住了一个暑假。我说，那你研究巴西吗？她说，不啊，我的研究是南非边缘群体的自我组织。[1] 这和发展中国家的国际学生普遍选择故土作为研究地的对象不同。她说，谁不都是喜新厌旧么，顺手递过来牙膏。我住她对面的消息不胫而走。晚饭后茶室，总会有不认识的男生装腔作势地打招呼，然后有意无意地问起她。我说，不熟。他们问，那都是谁去了她房间呢？我说，那更无从得知了。他们说，恐怕你近水楼台了。

我知道爱德华不止一次敲她的房门，可最终都无果而终。他在吃上节省，其他方面出手阔绰。他有一次偷吃我放在冰箱上遗忘数天的面包，险些磕坏两颗人造门牙，那是打橄榄球的创伤。他不是公学或私校出身，还有些混迹街头的往事，高中最后一年奋力直追，竟然考上大学修世界史[2]。他

[1] 作者指的是 2014 年巴西里约国际足联世界杯。世界杯是战前每隔四年举办的国家级男子足球队的比赛，那时户外的足球运动是流行度高和观看人数众多的体育项目。

[2] 公学（public school）和私校（private school）在当时的英国都是私立昂贵的教育机构，相比于政府支持的公立学校（state school）。世界史是当时方兴未艾的学科，在此之前的历史以区域和国家为主导。

说话时发出铃儿似的笑声，隔着门，听不见他说的话，只有不断升阶的铃铛声在楼梯间回荡。他花了十二英镑，买了二手落地灯，和房间里原有的那台，放在书桌的两侧，像宗教仪式的祭台。他清空了房间里所有的摆设，衣服和生活品扔进柜子，把床推起来靠墙，地板上留一张垫子。我认识的人里已经有两个人睡在地上了。晚上走过我们的宿舍，望向临街的窗户，就能看见他的书桌，两簇光从斜面打过来，窗户大开，他穿着短袖，电脑屏幕的光反过去，照亮他的脸和卷发。

爱德华的楼上是特蕾莎的房间，她此时正在装饰窗台，搬来一盆兰花，挂上色彩斑斓的灯，贴上剪纸，可以辨别出的一个词是 Love。她看到我，把手上的活停下来，想小心地打开窗户又不让彩灯掉下，发现有些困难，无奈地朝我摊手。屋内橘色的光下，她在微笑。我看到她身后不起眼的彩虹旗贴在墙上。一个星期后的舞会，我见到她的舞伴，陌生的背影，个子不高，短发，消瘦。背影在舞会的灯光中转过来，秀美的脸庞一瞬间吸收了屋里的光。你看上去有些吃惊，特蕾莎说。你可没跟我说你的舞伴这么好看，我边说边去和她握手，她的手指比特蕾莎纤细柔软。舞会间隙，我问特蕾莎，你是喜欢女生，还是说我们不用谈两性区分了。她说，我应该是泛性恋[1]，不论生理社会性别。我说，那就是

[1] 泛性恋（Pansexual），是指对任何性别都能产生情感和欲望的取向，是 21 世纪初性别多元化运动中的名词之一。

说，我们还是有希望了。爱德华说，恐怕没有，她害得我们苦恋这么久。特蕾莎说，行了，别扯不着边的。爱德华一路大笑地奔回舞池。特蕾莎挽起我的手说，Young Sir，可否赏脸跳上一曲。我说，Mademoiselle，为您效劳，同她一起走向昏暗拥挤的人群。

舞会回来，我们疲惫地在房间门口说晚安，离太阳出来也就三四个钟头了。我把水槽的龙头打开，用手捧起水喝了几口，用漱口水清了口腔，用剩余的力气把西服脱下来，按褶子叠好，放在椅子上，想着是去厕所还是在水槽里尿一泡。在走向床的那一刻，我听到记忆里毕业典礼上的噪响：火警警报。我不愿相信它偏偏在这个时候响起，等了片刻，确定不是幻觉后，又抓起衣服穿上，万般无奈地下楼。楼梯里从上到下贴着防火警示和逃生指南，点名道姓地说出英国社会最深刻的恐惧。健康和安全是最重要的意识形态。一场场火警演习，生生地半夜把我们从床上拽起来，促成室友相识的破冰之旅。这一晚我走出来的时候，大家没有嘘寒问暖，倒是齐刷刷地仰着头，目不转睛地盯着二楼的厨房。

灶台上蹿起如假包换的火苗。火苗的照映下，忽大忽小的人影，匆忙来回。

我不知道怎么用这个，厨房里传来一个声音。

一阵噼里啪啦和手忙脚乱过后，灭火器的哧哧声，伴着白烟从窗户里飘出，混着塑料被烧的焦味。快速奔下楼梯的咚咚声。幸子，中日混血的女孩，推门而出。她在北美长大，口音听不出任何亚洲印记，和谁都能聊上几句，有去不完的派对，百无禁忌。到了亚洲人这儿，又能收住，树立起知书达礼的形象。但这也没改变她无论到哪都丢三落四的习惯，她总是说着话时，一拍脑门睁大眼睛说，糟了糟了，忘记还有个事，走了走了，回见。

真的不是我的错，有人把砧板放在了烤箱里，我看都没看就把烤箱开了，幸子委屈地说。我们说，你在房里吞云吐雾，焚香点蜡，这事你碰上，理所当然。谁身上有烟，给我压压惊，幸子问。她正点烟，特蕾莎通知的宿管也到了。宿管见到嬉笑的人群，一团乱象的厨房，怒不可遏。正巧这时，马可穿着斑点睡衣，蒙蒙眬眬，慢悠悠地走出来，被宿管迎面逮住，劈头盖脸一顿说教，转头斥问我们：是谁！你们是谁把厨房给点了？

不知道，大家异口同声地回答道。

1.1

（2069年9月）

亚历山大是当事人中最容易找到的一位。他从未忘记自己的牛津身份，公开资料显示，过去的五十五年里，凡是在公众场合，他一定会提起在牛津读书的岁月。他是墨西哥牛津校友会理事，每年定期组织校友酒会。他无处不在的履历上写着，“2014—2015年，牛津大学拉丁美洲研究硕士，圣安东尼学院”。战前几篇评论里，他提起过牛津上学时关系密切的“政治学的中国朋友”。牛津毕业后，他在伦敦的墨西哥使馆短暂工作过两年零四个月，出版了一些散文和业余研究，随后回到墨西哥城，任文学出版社的编辑。三年后，他进入新兴的科技行业做公关宣传，从那里得到了职业上的起飞，出任数家公司的公关主管，又在战时加入了宣传部属下的媒体，一度掌管了战时宣传的工作，被称作“呼风唤雨的魔术师”。战后，他在政治斗争里失势，被排挤出核心权力圈子，甚至因他的英国血统受到调查。

度过这些危机后，他失去了壮年的热情和气力，选择退出政治。他尝试重回写作，但出版的作品普遍受到文学界的批评，认为其“精美的文笔和巧妙的结构也无法掩盖道德上的虚无”。他心有不甘地为公司提供公关咨询，但全然失去了事业的兴趣。第三次离婚后，他决定不再把情感关系交给一张契约，独自一人搬回墨西哥城老区居住，时不时参加旧时同事的聚会和葬礼，在大学发表客座演讲，偶然闹出和学生睡觉的丑闻。在城内老区，有时候你还能看见墙上留有战时宣传口号的残迹，那多是出自他的手笔。然而，下面会喷上的涂鸦，写着“老骗子”“糊涂虫”“英国殖民家”，等等。现在涂料大多褪色，人们把它们当作历史遗址保护起来（数字化的版本藏于墨西哥国家图书馆），视作墨西哥壁画典藏的一部分，继承了里维拉、奥罗斯科与西凯罗斯的传统[1]。

亚历山大痛快地答应了我的采访，建议在“瓷砖楼”见面[2]，蓝白色的老建筑奇迹般地在战争中生还。我上午参

[1] 墨西哥壁画运动是1920年代掀起的在公共空间中的艺术运动，多具教育和政治色彩。里维拉、奥罗斯科与西凯罗斯皆为当时的代表人物。

[2] 瓷砖楼（Casa de los Azulejos），坐落在墨西哥老城西区的18世纪巴洛克风格建筑，因外墙普埃布拉的蓝白色瓷砖得名，自20世纪初由桑伯恩兄弟（Sanborns Brothers）接手改造为盛行一时的餐厅。

观了重建的人类学博物馆，中午十二点一刻准时到了约定的地点。奥罗斯科斑驳褪色的壁画在楼梯的走廊。这是我第一次到墨西哥城。战前已听说它发展成庞大的城市部落，为当时拉丁美洲的流亡作家、导演和艺术家提供避难所。据说在战争结束的第二天，墨西哥城就恢复了往日的喧闹。很多在其他地方消失的习俗和社会风貌，在这里还能目睹，沿街小食摊点、堵车、醉汉、清洁工、纸质报纸。墨西哥城也被称作“泥石流城市”，不是因为地质灾害的频繁，是描述城市风格建立在一次次的席卷的文化浪潮中，阿兹特克之上建西班牙之上又建墨西哥民族风，层层叠压，分不清你我。亚历山大进来把帽子和外套脱下，挂在门口。他穿着动物皮做的鞋，头发向后梳起来，花白胡子占去了半张脸。他向我点头，走过来，沿途拍拍几桌在吃饭的人的肩膀，和他的相识打招呼。他微显吃力地坐下，咳嗽了两声，跟我说，这是为数不多的还能堂吃的餐厅，只是留给他们这些走向坟墓的人了，希望我感受一下过去墨西哥的荣光。他点了一瓶酒，然后让我看看图片决定吃点什么。

我们的采访进行到下午三点。喝完咖啡，他跟我约第二天晚饭时再把后面的内容说完。第二天，他让我提早出来，带我穿过“四文明广场”，跟我讲从 1930 年代开始的墨西哥历史，而对他在战争中的角色只字未提。快到晚饭的时间，他步子快起来，像年轻了几岁，穿过几条小街，带我进了一家酒馆。说是酒馆，白天是作为博物馆供游客参观的。他说酒馆晚上营业，对于你们是体验历史，对于我们是温故知新。他伸出手指指着天，跟我解释说，这种地方叫Cantina，拉丁语的原意是地下室，墨西哥历史上是仅对男性开放的酒吧，大家来这里喝酒、议事、吃小食，我们只有在这地方，能喝到损伤大脑的烈性酒。他说，别犹豫了，喝吧，传统就是伤身体的，我们从过去的污泥里从来不能打捞出什么健康的东西。等我们都有点上头了，他捋捋胡须说，当初L来墨西哥城找他，他们就是在这里喝醉的。

以下是亚历山大的口述。

1.2

（2069 年 9 月 23—24 日，墨西哥城）

我要从哪里说起呢，从我自己开始吗。你说你发现了 L 的日记还是书稿，给我看看。（他拿过去转着看了看，颤抖的手翻开，看过后又合起来还给我。）是的，我记得这个本子，他老是带在身边。我们一起写作的时候也是。我们当初都好奇里面的内容，可是他用中文写，我们都不懂，他的私写作都是中文。对，我们交流都是英文，他的研究写作也是，所以他的毕业论文我都读过，写得很克制。后来他西班牙语也不错，但我们还是讲英语。我没想过他笔记里的第一句话写的是我，但想想，也应该是我，毕竟他认识的第一个人便是我。这样吧，我从我的故事讲起，你就知道我在牛津遇见他的时候是什么样子。我的父亲是墨西哥人，母亲是英国人，这没错。其实，我父亲那一支本是西班牙人，西班牙内战，1936 年到 1939 年的那一场时，他们举家移民墨西哥。那时墨西哥革命刚结束，革命制度党掌权[1]，工业经济恢复，石油行业国有化，被美国驱逐的墨西哥人回家[2]，又涌入了欧洲的难民。国立理工大学就是那时候建的。我父亲那一支多是科学家和工程师，他们的技能在当时受到热烈的欢迎和款待。我母亲在墨西哥当英文老师时认识了我的父亲，他们一起参加 1968 年的运动[3]。母亲留在墨西哥城居住。小时候我爸只跟我说西语，我妈说英语，我七岁的时候才知道他们原来都听得懂。在许多年里，母亲拒绝说西班牙语，直到一天她突然决定开始说了，出口便是流利的墨西哥方言。我一直在国际学校上学，大学去了英国。中间有一年我住在了巴黎，这他居然也写了。我在店里打工，学法语，交了法国女友。后来，我申请到了拉美学生的奖学金，便去了牛津。

认识他的时候并没什么特别之处，那时候中国是人口第一大国，你在哪都能遇见中国人。但很快你会发现他和你

[1] 亚历山大所指的墨西哥革命是 1910 年至 1920 年的墨西哥政治派系的长期斗争，之后墨西哥革命制度党（Partido Revolucionario Institucional，PRI）从 1929 年到 2000 年执政墨西哥。

[2] 这一事件指的是 1929—1936 年因为经济萧条影响被驱逐出境的墨西哥移民，人数不清，在 50 万—200 万之间。

[3] 1968 年的墨西哥运动是学生领导的抗议运动，最终墨西哥政府对抗议者暴力镇压，造成 1968 年 10 月 2 日的特拉特洛尔科大屠杀。

之前认识的中国人不太一样，既不是紧密抱团的“传统意义上”的中国人，也不是那些在海外长大的“世界公民”的中国人。总是在两者之间。比如说他的口音，你能清楚地分辨出英国的影响，但又明显地知道他并非早年移民的华人。我一度以为他没什么政治立场，这有些奇怪，他不是学政治学的吗，既没有民族主义，也没有自由主义，对什么类型的运动都不热情。当然这个印象在我们熟悉之后就纠正了。他就是这样的，要和他非常熟了，他才向你袒露激烈的想法，而且不是一点点地说，是一股脑儿全跟你说了。即便如此，你还是要和他软磨硬泡，一定要劝他，他才会加入集体活动。那句话是怎么说来着，拧巴，对，就是性格上的拧巴。这一点的确很知识分子，哈哈。我知道你们现在已经不用这个词了。我当时熟知了他的个性，每次总能说出戳他的话，把他刺起来。我可以十分自信地说，我一度取得了他的信任，让他开诚布公。他不是那种善于社交的人，碰到对脾气的才愿意多说几句。可要是你不开口，怎么能知道对方是怎样的人呢，我经常这么劝诫他。但有时候我也失去耐心，要是他沉默，我也不帮他搭话，就这样让空气凝固。要是一屋子都是他熟悉的人，那他的话就停不下来了，全是抖机灵的妙语，每个人他都会轮番调侃到。所以我才不会说他是一个儒雅的人，要是你听到有谁这样说，一定是和他不熟罢了。

除了酒量差，他作为朋友没有什么缺点。我不清楚他遇见我们之前爱不爱喝酒，但他跟我喝了不少。有一段时间，我们醉的时候比醒的时候长。我们相互鼓励写作，当然，喝酒讨论的还是政治。当时男性聚在一起喜欢讨论这些事情，要不然就是说女人。可我们到牛津时都有女友，也没什么好说的。我佩服他的地方是每次喝完酒，站都站不稳了，他也要回到房间再写上一段。这样的纪律感是怎么来的，难道是东方的文化特性？这句话现在听来政治不正确了，但在那时确实存在一种印象，就是东亚学生的基因都是勤奋的。我做不到，我只有靠着咖啡才能工作，靠酒从来靠不住。我见过他喝醉过三回。第一次是他的朋友来牛津看他的时候，应该是圣诞假期前夕；第二次是他婚礼上，在德国；第三次是他来墨西哥找我的时候。那位来牛津看他的朋友颇有意思，我忘记她的名字了，从美国来，他们是中学同学。那个人和我一样，总能戳到L的点，成功激将他。我们先是在酒馆喝了一轮，后来又回房间，他的朋友也喝醉了。婚礼上的那次不用说，理所当然，中间他还从宴会上出来一会儿，跟我们在外面抽烟，围着餐厅散步醒酒。最后那次是他来墨西哥，我待会跟你详细讲。

是不是有些偏题了，我说说他那时候的样子。他戴眼镜，头发不长不短，不留胡子，身着讲究，英国式的搭配。我当时没见过他穿不带领的上衣。他要不然是没有要不然是不喜欢穿睡衣，反正你什么时候去他房间，都衬衣在身。要是别人这么做，一定是古板，但我相信他仅是因为习惯，也没有其他的衣服了。他的房间从来不上锁，我们都是推门而入，要是锁门了一定是他带人回来了。那时候我喜欢去他的房间喝茶喝酒，桌子上有打字机，茶几上有唱片机，这些玩意在当时也是老古董才玩。他还有一个投影仪，那时候不用电子屏幕的话，就要打光投到墙上显示，还要拉上窗帘，你知道这东西吗，我不知道你有没有这样的记忆。反正我们要是想看电影，也要去他那。我们那一年关系密切，友谊保持了很长时间，有一些人我没联系了，但他从来没有拒绝和我见面。

毕业后，我去墨西哥使馆打了两年零工，编了本奥克塔维奥·帕斯[1]的书，住在伦敦东城的地下公寓，那段时间我还经常返回牛津和他见面。每次他来伦敦都很匆忙，开会、见人，我们赶在中间喝杯咖啡。感谢上帝，他那时候总算能认真地品尝咖啡了。他第一次去拉丁美洲之前，去给哪个总统做选举时，特意来伦敦跟我吃了一顿饭，问了许多拉美政治圈的事。他的签证是我帮他搞定的。要这么说，他的政治参与可是早于我，得益于我。之后我回到墨西哥城，给“自由文艺”写稿子[2]，在独立出版社当编辑。那时候想要出书的青年作家都会先去出版社讨一份工作，我们编辑间称呼彼此是“还未出道的作家”。再之后的事，想必你也有所

[1] 奥克塔维奥·帕斯（Octavio Paz，1914—1998），墨西哥诗人和外交官。

[2] 自由文艺（Letras Libres），1999 年在墨西哥城成立的文学杂志，战前停刊。

耳闻。

我和他一直保持联系到战前。战后，我被那些平庸之辈调查的时候，他们提取了我所有的通信。等调查结束，记录都消失了，我打了三年官司，无果而终。我与他最后一次见面是在墨西哥城，前面说到的，他来找我。我不记得他是之前还是之后去了哥伦比亚，反正是哥伦比亚内战结束没多久的时候。他不是一个人来的，带了一个女人，不是他的妻子。我倒不是说他们有什么不当的关系，他们住在不同的房间，但还是有些蹊跷。他当时脸色一直不好，仿佛处在很恼怒的状态。我买了一背包的酒，早上起来的时候给他们写下可去参观的地方——啊，没错，就是这张夹在本子里的纸，你瞧我当时的字迹多有力。晚上见面时，发现他们只去了一两处，其他时候就在城里毫无目的地闲逛。我找到机会私下同他说，我觉得这个女人会害了你。在此之前，我从未对他的私人情感有什么介入的评价，因为感激他对我私人情感不加批判。他听后抬起了头，以我没见过的如释重负的眼神。那天晚上，我们便是在这家酒馆，喝的梅西卡尔酒。梅西卡尔酒在战前就是墨西哥内销为主，战后更是没了踪迹。我们喝了不少，跟当时在牛津一样，我们俩骂来骂去，桌上其他人看热闹。到最后，邻桌工人也跑过来和我们喝，他和他们之间听不懂，也不找我翻译了，就是一杯杯地干。

到了打烊的时间，我们被礼貌地请出门。L和我挽着胳膊，我们顺着大街走，先是唱国际歌，我唱一遍法语，他唱一遍中文，然后我们唱 *Besame Mucho*[1]，就这么发了疯地在路上走。（亚历山大说得脸涨红，声音大起来。）我在路上发现了电话亭，你现在肯定没见过的那种公用电话亭，你要往里面投币打电话，像个玻璃棺材，把你罩在里面。我看到电话亭，立马想起英国，钻进去拿起电话，下面的线都断了，那时候用的人就少，年久失修，找妓女和买毒品的时候才用到。我说我要打电话，他说你要打给谁，我说我要打给马可。我们突然就不作声了，街上冷冰冰的，旁人不知道发生了什么。然后我问他，你得告诉我马可怎么样了。他说，马可很好，和罗拉住在伦敦，他们很稳定。我挂上电话，一言不发地往家里走。（亚历山大低下脸，好像被什么东西噎住，过了一会儿才抬起头。）

那是我最后一次见到他。分别的时候，我们确信不久后就会重逢。那时候的国际旅行轻而易举、稀松平常，只要你有钱，只要你的护照没什么毛病，只要你的国家是个正常国家，你登上飞机，亲友就在那一端。边界是假的边界，边界是虚妄的，边界就是被用来刺破的，你能理解吗。那时候的边界现在看来是假的，它被认为是即将过去和消失的，不过是提供小打小闹和拌嘴的主题而已。人们和所谓的边界感调情、戏耍、做爱，借此认识对方。

[1] *Besame Mucho*（《深深地吻我》）是墨西哥1940年代的一首经典曲目。在战争结束的前夕也被作为街头的反战歌曲得以重新流行。

他不是那种平日会经常联系你的人，但一旦联系的话，我们很快就能进入激烈的讨论和长谈。战前，我们就世界局势有过数次长对话。他出乎意料的乐观，甚至有点政治上的天真，我劝他赶紧放弃不切实际的幻念，想想生存的计策，他却说，我们的时代来了。我觉得他简直疯了。即便如此，我还是从那些对话里受益匪浅，他成功说服我摆脱了对历史观的迷恋，去用崭新的眼光看待正在发生之事。这不是说我们面对全新之物，而是说如果我们要做到和过去不一样，就要发现百分之一的变化，占据主动，领导细微的变化，把那个变化的所属权变成自己的。这不是他说的，这是我的理解，这成为我的方法。我在战争中明白了，冲突是所属权的斗争，所属权的再分配，你要是忘不了你想拥有的，就没法阻止战争。战后，我定期给他发问候信息，持续了四五年就停止了。有人跟我打听他的下落，我不认识比我和他更熟的人，因此也不用去找别人打听。他要是没联系我，也不会去联系牛津的其他人。你应该再去找找他的文章，他的中文作品你都看了么？那他的作品你读得比我多。我相信人的多面相，一个语言一个样，写出来的一个样，说的话一个样，工作一个样，生活一个样，脱衣服时一个样，高潮后一个样，被别人记住是一个样。所以不存在谎言，我们选择了一时一刻的面相，它当然是真实的，你说看不到丰富面相就说人不坦诚，那只是作为旁人的局限。我不相信他只留这样一本手记于世，我知道他的经历都是为了写作，所有公开的发表不过是正式作品的练笔。你一定要再试试，然后告诉我有没有发现。

他对我隐瞒的是情感状态，你要是问他，他从来只是说挺好，没有不好，没有多余故事。你要是问他对谁是不是有意思，他就说那人挺好的，不再多说。我相信他有充沛的但没有勇气实施的情感。这恐怕是他对我的行为宽容和理解的原因，当然，我都实施了（微笑）。除此之外，我还要跟你说一件你不会从其他人口中听到的秘密。他有一种底色，那是我现在回忆起来才发现的，也是我可能从未能真正了解他的地方。每次大酒或聊到兴头，本来是一桩痛快彻底的事，但每当这个时候，你便能在他的脸上发觉忧伤和孤独的神态。我现在越是回想，越是意识到如此的神态贯穿始终。从我认识他的第一天起，到我们在这里的最后一面，他总是没有摆脱他的那种底色。而且，要是没有前面的狂欢和极乐，你是发现不了这层无法抹去的显露的底色。它如黑色的深渊般在出口的尽头等你。我有时候想，这种彻骨的孤独，是不是因为那一代独生子女的环境所致。你知道吧，他们那一代人普遍是家里的独子。也可能是他在异国他乡无法消除的陌生和疏离。无论怎么说，我发觉在他看似温和的理想和浪漫之下，潜藏着深知人与人之间永远无法跨越的距离而产生的痛苦。作为朋友，无论你们再怎么亲密，也消除不了必然的距离，而且反是不断提醒无法被消融的边界。

你来看我，让我怀念他了。我是不是要专门写一篇他的文章，但又有谁会看呢，现在还有谁认识他。你应该再去找找别人，多多益善。虽然我说的话恐怕是最详细的。我有苏珊和娜塔莎的联系方式，她们应该还活着。瞧我们现在都多老了。时间才是最无情的恋人，年轻时和你大把地挥霍，日日夜夜缠绵在一起，等你上年纪了，头也不回地抛弃和溜走，顺便把你积累多年的物质精神财产卷走。这才是我经历的最糟糕的离婚，还没处请律师，你说是不是？这一点上，我们都是完败的。（他端起酒杯把酒一饮而尽。）好了，陌生人，我想我要说的就这么多了。你下次如果再来墨西哥，记得找我。

>>>

2

流放在北方

Exile in the North

（2014年10月）

2.1

（2069年12月）

2.2

（2069年12月15日，牛津）

2.3

（2024年1月）

2

流放在北方

Exile in the North

（2014 年 10 月）

老学院在镇中心，理工院和新学院朝北边发展。南北一富一贫，一老一新。“无产阶级学者”[1] 寄居在北方，想方设法地向中心地带靠近。博德利图书馆灯光幽暗，人满为患，雨天里弥漫着雨伞和外套未干的潮霉味。终日苦读后穿梭在酒巷，不再好意思和那些新生周后还没记住名字的人侃侃而谈。小圈子开始形成，有同运动爱好的、同国家民族身份认同的、同阶级联姻的，以及同为想跳跃现有阶级而变现学历的。这地方最显眼的就是没落的贵族和尝试去模仿和再

[1] 作者在这里打“引号”，疑是因为“无产阶级学者”这一说法出自英国作家伊夫林・沃（Evelyn Waugh，1903—1966）《故园风雨后》一书。

现等级制社会的新贵。一天下午，爱德华和亚历山大冲进我的房间。他们在上楼时的讨论我都听见了。两人争论该叫我什么名字。爱德华说，我们就叫他的姓，他就是这么在外面介绍自己。亚历山大说，那是因为没人能记住他的名，他肯定还是喜欢人叫他的名。

砰的一声，门被推开，两人冲进来。我们有冤情要诉，亚历山大说。

我让出位置，请他们坐下。爱德华说，今天，我们俩去物色社团，走到中国学生会的宣传台，发传单的小屁孩，看到我们的面孔，就把手缩了回来，全当我们走错了地方，误入领地。我说，轮到你们受一回歧视也好，你该不会跟他们讲在中国的段子吧。Mei You La，爱德华用音调错乱的中文回答。他夏天在中国支教的经历，我听上去习以为常，在他那里，则是惊心动魄的冒险。人到异国他乡的时候常常陷入自己要被抢或是要病死的妄想。爱德华喜欢展示他坐“摩的”[1]的视频，周围人发出阵阵惊叹，我和娜塔莎相视而笑。我还没来得及给他们看那个视频，爱德华猜到了我所想，补充说。

入校时对万物万事的新鲜劲头退去，我们纷纷从不可调节的纷繁活动中抽身，只有亚历山大还在口头逞强说：每

[1] “摩的”，应指的是非自动驾驶的摩托车为载体的收费交通工具，是当时城市交通的一种。

个人都把自己想成交际学术花，要在每个领域闪耀，这是典型的牛津病，因为他们没有尝过不优秀的滋味，我没那么贪心，平衡处置了自己的精力。为什么按照亚历山大的说法，别人都做得过火或是过轻，只有他是恰到好处？一天早上在厨房时，爱德华一边剥开不知是谁的芒果，一边说道。两天后，马可表达了同样的感受。我们便约定好集体回应。又过了一天，机会来了，亚历山大又在宣讲他的平衡理论。我们异口同声打断他说，去你丫的平衡！亚历山大像是听到平地惊雷，身子往后一仰，迅速伸出食指，指向天花板，在我们面前使劲晃动了几下。这是他说话强调时的惯用姿势：有人指责我的双标，但你们错了（他的食指要捅漏天了），我说的话给生活设立标杆，是习惯的超前，说过了，才有可能做到。

活像在南美拉选票的空头政客，苏珊说。

享受过对亚历山大的批斗大会，大家转去劝娜塔莎，她的生活的确需要平衡。我们多少被课业夺去了生活，但娜塔莎的情况最为极端，她坚持要毫无遗漏地完成阅读清单，生活像是一场急行军，天没亮便出门，做大锅的饭菜为数日预备，工作到深夜，又自觉不能久坐，于是半夜去健身房。她向我们描述半夜里灯火通明的健身房，说回到宿舍时碰到的鬼影。鬼影的第一次记录来自苏珊。半夜三更，走廊里传来窸窣的脚步声。我们斥之为《哈姆雷特》读后症。随后，又有人听到脚步声，还看到穿白色睡衣的影子。那不过是住

24号房间的住户，我见过她，她晚上失眠，出来散步，有时倒在走廊里睡了，特蕾莎说。你确定吗，娜塔莎问。确定，你可别自己吓自己，特蕾莎说，要不然你学学爱德华，喝绿茶，练瑜伽，缓解紧张。

爱德华对待焦虑的方式是寻找遥远文明的慰藉，瑜伽、禅坐、绿茶、味噌汤。我们知道他的家人对此并不满意，因为家人来访之前，他把异域的奇货都放回厨房橱柜。爱德华的父亲是退伍军官，马岛海战受了伤[1]，他坐在轮椅上，出现在宿舍门口。我们没有无障碍通道[2]，爱德华提议把他搬进来，他立马回绝了，说在外面谈几句即可。天气阴凉，他们父子两人穿得都不多，薄外套，下起雨，爱德华回到房里拿伞，他们支着伞在雨中谈。对话结束后，爱德华把他爸送上公车，回到房里，这一天没再出来。我去洗澡时碰到他，问他用不用洗发水。他老是找我借来着。他说不用了，现在尝试不用洗发水。他听人说过头发有自洁功能，不用洗发水，保护环境之类的话。他好像对一切另类的想法都着迷。有一天临近午夜，他突然冲进我的房间，怀里抱着电脑扯开嗓门说，你看我发现了什么，本·拉登和9·11的关系，美国政府对他的通缉令上从来没说过9·11，只提到

[1] 1982年英国和阿根廷之间发生的围绕马尔维纳斯群岛（英称福克兰群岛）的局部战争。

[2] 无障碍通道是当时为行动不便的残障人士设计的通道，战前已在绝大多数公共建筑普及。

1998年大使馆被炸和2000年驱逐舰袭击[1]。我一时不知道怎么回应，粗略地应付说，恐怕很多历史都是如此。他的怀疑逐渐蔓延到伊拉克战争、叙利亚战争、朝鲜问题、俄乌冲突、屠杀以及生化武器的使用，等等[2]，总而言之，到了某个时间点上，他对于官方的定论一概是采取了质疑和否定的立场。

爱德华在自行车店铺找到一份兼职，牛津自行车和配件价格奇贵，大家恭喜他找到了一份肥差。他坚持说，这是为了骑车环游世界做的准备，你们所有人不都想环游世界，只是方式不同而已[3]。即便有了这份工资，爱德华仍然从超市里顺手牵羊。苏珊也这样做，在衣服店下手居多。他们被当场抓过不止一次，不以为然。我们其他人不能理解这样的习惯。这是对连锁超市和商业巨头宣战，爱德华一边说，一边把暗红的车厘子分给我。我吃进嘴时意识到消费了赃物。有一样东西我们窃窃地希望他们能偷出来。爱德华和苏珊摇摇头，酒就别想了，在英国，你可以顺出来毒品和婴儿，但你偷不了酒，那里的看管最严格。特蕾莎说，说到这，前天

[1] 奥萨马·本·拉登（Osama bin Laden，1957—2011）出生于沙特利雅得省，基地组织的首领，自1990年代组织了一系列主要针对美国的爆炸和袭击。9·11指的是2001年9月11日，基地组织对美国本土发动的自杀恐怖主义袭击，是数十年内美国领土首次遭到的袭击，对当时的国际政治影响重大，恐怖主义（在当时被称作非传统安全）一跃成为各国的政策重点。

[2] 作者列举的是21世纪初期的武装冲突及与此相关的战争罪的争议。

[3] "环游世界"是战前一度流行的口号，意指走遍世界各地，然而事实上是一种去大众景点和城市的旅行方式。

我去看心理医生，那医生问我，你一个星期出去喝几次。我说，一两回吧。医生说，哎，看来你刚来英国，还没什么朋友，你们信么，这可是医生说的话。亚历山大说，所以说，你要谨听医嘱。最终，特蕾莎的处方被证实是适用所有人的。爱德华的异域文明之旅和娜塔莎的日夜焦虑都消失了，因为我们找到普世的治愈药剂——酒精。

学院背后有一条小巷，名叫北兵马街。还有南兵马街，在北街的北面。据说英国内战时[1]，查尔斯一世被困牛津，北兵马街是当年保皇党的北方战线，南兵马街是议会党南线，由此得名。这个故事来自亚历山大，他一遍遍和新人重复，以致现在牛津口口相传北街的起源小史，这让他自鸣得意。我们在北街找到名叫“玫瑰花冠”的酒馆[2]，木头装潢，推开小门进去，左手边容下两张桌子，一个壁炉；吧台的后面可见通往二楼的台阶；进门直走，长凳长桌，吧台正对面是炉火、球队纪念奖杯、签名球衣、老照片；再往里面走，有一个天井和院子，取暖的灯，乐队在这里演出；罩塑料屋顶，算是室外，可以抽烟。我们去过几次后，亚历山大凭借自己的魅力以及几段历史小品和老板热络起来，让我们得到了使用内屋的许可。穿过主堂和庭院，才到内屋，厚重木

[1] 英国内战在当时指的是1642—1651年保皇党和议会党之间的武装冲突和政治斗争，在英国废除君主制后这段时间也被称为是英国第一共和国时期。

[2] 玫瑰花冠，全名是 Rose and Crown Public House，建于1863年，当时作现场音乐的场所。

头圆桌，堆着零散的罐子、啤酒桶、老虎机[1]。角落有钢琴，苏珊吹吹灰，按下键，老板一脸惊恐地跑过来，嘱咐我们可要慎重，这是当年电台司令写歌用的琴[2]。老板一头卷发，大腹便便，每日西装，手上永远端着一杯酒，和年老的常客畅谈，对年轻人有天然的敌视，说起话来口无遮拦。

特蕾莎拉我到旁边说，我们为什么要到极端保守党人开的酒馆，他支持脱欧，反对移民，我看离种族主义也不远[3]。亚历山大说，那我们更要来，出现在他面前。我和娜塔莎表示我们没有意见，并不感受到深刻的冒犯，一个人的政治观点并不代表他的全部，有时候只是最不堪和狭隘的部分而已。于是我们把这里作据点。学校新生来喝名叫“牛津学者”的苦啤酒，味道差强人意，他们的牛奶世涛是绝佳。小食椒盐脆饼，让人念念不忘。我们每喝到十一二点离开时，老板总是开心送我们出门：快走吧，年轻人，别在这儿闹了，赶紧去你们下一个派对吧。等我们走了，他把门闩插上，不再接客，满脸通红地和老友聊天。亚历山大把玫瑰花冠称作“生命源泉”，学业生活泾渭分明的地方，我们一旦

[1] 老虎机是一种赌博机器，多用金属制的货币投币参赌，当时的公共场所应该不多见，多集中于专门的赌场。现有样品藏于伦敦维多利亚与艾伯特博物馆。

[2] 电台司令（Radiohead）是 1980 年代在牛津郡成立的乐队，当时流行，战后重新受到古典摇滚乐迷的喜爱。

[3] 脱欧（Brexit）指的是英国当时围绕是否离开欧盟的争论，英国在 2016 年全民公投决定脱离欧盟。

出了房间，溜到挂彩灯的北街，一天的苦思冥想就结束了。苏珊不理解酒精的魅力，为什么大把的时间和钱，花在一成不变的小地方。她说，快走吧，舞会就要开始了，竟然和老板的话如出一辙。学院里要办异装舞会，苏珊借我的彩虹睡袍，扮《谋杀绿脚趾》的 Dude[1]。

你真的不去吗？她问，我借着你的镜子画一下胡子。

不去，亚历山大劝过我一回了，我说。马可敲门进来说，我去的话，你去不去？我说我不想明天又头疼。他们决定下楼去，先在厨房喝一轮。过了半小时，我的门被推开，爱德华朝我的脸扔来假发，苏珊拿着黑裙和高跟鞋，亚历山大打扮成弗里达，惟妙惟肖，五彩裙子，红色披肩，头顶别一簇花。

要么你自己穿，要么我们帮你穿，苏珊说。她走过来，从口袋里掏出妆盒，把我按在桌子前，给我画眼影和口红。她的脸靠近，雀斑隐现，手臂上是金色的汗毛，嘴角的胡子是前不久用眼线笔描的。亚历山大在远处做指挥，他的眉毛模仿弗里达连成一条线。他站在房门那里喊，没错，再给他来点粉，口红来个鲜艳一点的颜色，弄得再性感一点。苏珊说，你他妈的男人能闭嘴吧。亚历山大说，对不起，我现在可是女性。苏珊对我说，所以你想扮成谁呢。我说，你也给我来一个 19 世纪 20 世纪的女艺术家。苏珊给我拿来贝雷

[1] 《谋杀绿脚趾》（*The Big Lebowski*）是 1998 年的犯罪喜剧电影，科恩兄弟导演。

帽，看了一眼说，不对，你还是会被认为是 Cho Chang[1]。十分钟后，我们到楼下厨房把剩下的酒喝完，我的高跟鞋踩不稳，换上了平底。舞厅拥挤炎热，像是肉体丛林，地板又滑又震，厕所一片混乱。我们到的时候微醉，摇摇晃晃地上了二楼。声浪喧嚣，听不清人说话，要贴着脑袋和耳朵喊话，时不时意外地亲到别人。灯光四射，时不时地有不明就里的尖叫和起哄。总有人在后面掀我的裙子，男人或女人。过了午夜，我跳得精疲力尽，衣服汗透，帽子早就不见踪迹。亚历山大还没尽兴，他无疑是舞会最引人注目的。像是受了什么启示，人群突然分开，让出一条通道，亚历山大走上前去，像是加冕仪式上女王接见子民，他挥手致意，大家爆发出一阵又一阵的欢呼。我们走到外面呼吸一口夜间清凉的空气，苏珊说想再看一个电影。她没喝酒，最为清醒。自从她发现我有投影仪，老过来看电影，我们喝威士忌就去马可的房间，开派对就去爱德华的房间，看电影的话来我这儿。

快一点了，还要电影，我说。我们把《阿拉伯的劳伦斯》[2] 看完，她说。上次看到哪了？劳伦斯在火车上。我们回到房间，舞厅的声音咚咚咚地顺着地板传来。投影仪打开，机器发热的嗡嗡声，我手一滑，墙上画面歪了，苏珊把

[1] Cho Chang 是 20 世纪初流行的奇幻文学系列作品《哈利·波特》中的华裔女性角色，该书在战前因作者的争议言论以及涉及政治影射曾经被列为禁书，大量相关的产品被集中销毁，如今作为“战前地下文学”的经典存世。

[2] 《阿拉伯的劳伦斯》(*Lawrence of Arabia*)，作者指的应是 1962 年大卫·里恩的电影。

它扶好，抽出两本书挡在两边。劳伦斯出现在火车上，穿白色长袍，沙漠上黑色影子，随着他的步子移动。

你去阿什莫林博物馆看他的袍子了吗？我问。

没有，但我去基督学院吃了晚饭，她说[1]。

电影配乐的鼓声和窗外的乐声和上拍子。我谨记亚历山大的教诲，睡前喝了一大杯水，第二天起来果然没有强烈的挥之不去的头疼。我去厨房时，亚历山大正在守时地做咖啡，脸上的妆还没洗净。厕所里怎么有一顶帽子，我问。昨天有一对人，找不到地方，我好心放他们进来，让他们借用厕所，亚历山大说。借用我们这一边的厕所，不用你们那一边，我说。助人为乐，你能成为佛陀，亚历山大一边说，一边给我添咖啡，听着，我们今晚上要在爱德华的房间聚会。我摇摇手。亚历山大说，你不来，我们就在你的房间开。我说，那我滴酒不沾。亚历山大说，我带了你必须尝的酒，梅西卡尔。他又把手搭在我的肩膀上说，你知道，龙舌兰是给外国人喝的。

下午我去大学公园跑步，想把昨天的酒气排解出去，身上像是拴了铅块。我借了两本政治学的书，看了没几页，通知便来了：六点，在爱德华房间集合，穿睡衣。我想起我的睡袍还在苏珊那里，我去敲门的时候没人，回来的时候，睡袍搭在了门把上。六点，宿舍大部分人齐了，包括昨天没去舞会的幸子，她看上去比我们都累，眼窝深陷下去。爱德

[1] 1907—1910年，劳伦斯在牛津基督学院读历史。

华说，就差特蕾莎了，她看完医生就来。我问，每周一次吗。他说，是，她有抑郁症。特蕾莎进来了，像往常一样坐下，我低声问她，感觉还好？她说，来牛津之后更严重了。我说，开心一点。如果真能那么简单的话，她说。爱德华把房间从上到下装扮了一番。他借来四个落地灯，床单搭在上面，地上铺块毛毯，摆上茶几，枕头堆在四周，做成一顶帷帐，墙上挂着彩灯，桌上摆蜡烛，然后把大灯一关，我们置身在神秘遥远的时空，纷纷鼓掌，赞叹他的用心。亚历山大在茶几上专注地做酒杯，他把黄瓜切断，烈酒杯长短[1]，在边缘均匀地撒上辣椒和盐的粉末，再切柠檬片，小心地放在杯边。来吧，一饮而尽，他把杯子递给每个人。

娜塔莎最先喝醉，口音变了，说话含糊。苏珊没喝多少，倒在地上呼呼大睡。我们说要不要把她送回房间，特蕾莎说让她躺在这，正好能看着她。亚历山大和幸子越喝越亢奋，幸子之前的疲惫一扫而空，她容光焕发，说起经历的数小时的、漫长无趣的性爱，又说到香港的屋顶派对，一个嗑药的人是怎么翻过栏杆，跳了过去，奇迹般幸存下来，脖子以下全部截瘫，另一个嗑药的朋友，醒来的时候发现自己的拇指不见了，电子竞技的生涯由此终结[2]，尽是这样的故事。

[1] 烈酒杯（Shot Glass），是当时用于装烈性酒（大于35度）的器皿。

[2] 当时的“电子竞赛”指的是电子游戏作为体育比赛的项目，尚没有进入电子竞赛奥林匹克的盛况，自然也没有预料到战争时期电竞选手集体服役、进行电子杀戮的情形。电竞一词在当时应该是中性的表述，没有特别复杂的意味。

爱德华说他要把抹茶粉从鼻孔吸进去。我们劝他别来，他更起劲了，把绿色的抹茶粉倒在茶几上，掏出一张银行卡，轻剁几下，分出一列，拿出十英镑的纸币，卷起来。你要确定哪个鼻孔是主鼻孔，说完，他把带有女王头像的纸币按在绿粉一端，用力吸进去。我们目不转睛地看着他。他顿了一秒，剧烈地打起喷嚏，冲过去开窗，深吸几口气，干咳数下，然后把头伸回来，跟我们说，这是假冒伪劣品。

我醉醺醺的，准备起身回房间。亚历山大立马对爱德华喊道，快把他拦下。爱德华低头冲过来，像一头牛，砰地撞进肚子，险些把我撂倒。他伸出手来把我抱住。我还没从那一撞中缓过劲来，想摆脱，发现他的力气不小，头上青筋暴起，脸通红，我顺势倒下，想把他甩过去，他死活不松手，我拿脚踹过去，他也把腿伸出来，柔道似的绞杀，我不知道这会儿我们算不算认真地打起来，旁人恐怕也在猜测。我和爱德华涨着通红的脸，透过盘根错节的手腿看到对方，哈哈大笑。于是我回到帐篷，端起酒杯，又和大伙喝了一轮。

亚洲人没法长时间对视，幸子说。我们说，这他妈是无稽之谈。不，说真的，幸子继续讲，你们要是不信的话，我们可以试试，看能不能超过两分钟。于是，我们两两一对，面对面，凝视对方的脸。幸子坚持不了一分钟，无论是谁，过了三十秒，她像是被什么点燃了，如坐针毡。马可也不行。娜塔莎在我对面，一旦克服前面三十秒逗笑对方的时间，我便完全被深褐色的眸子吸引住了，像是秋天的杉林倒映在山间的湖面。她的眼神呆住了，很快两分钟就过去了。我们转过头去，房间里的人两两结对、交谈、对望，蜡烛的昏黄的光，忽明忽暗的光焰，印在每个人的脸上。亚历山大站起来，左右晃了两下，这是我第一次见到他面露醉态。他走向水槽，头被彩灯缠住，他恼怒得像是拍打苍蝇一样，把彩灯扯下来，他看了一眼周遭，像是发现了埋伏的敌军，开始追杀其他的彩灯，依次从墙上拽下。爱德华冲上去拉住他，把彩灯重新挂起来。他们嘴里嘟囔了两句，我没听清，只听见，不！不行！一瞬间，两人脸上的醉意消失了。爱德华想让亚历山大坐下来，但亚历山大没有要坐的意思。

他生气了，幸子说，他真的生气了。

马可站起来把亚历山大拽住，你为什么不再喝一杯呢，他说。

我不想再喝了，亚历山大说。

特蕾莎站起来和爱德华说话，我又只听见“不，不要”的只言片语。爱德华从特蕾莎身边走开，把窗户推开，冷气嗖的一下涌进，窗户上的雾气渐渐退去。苏珊醒了，从地板上跳起。

结束了吗？她问。

2.1

（2069 年 12 月）

虽说亚历山大给了我苏珊和娜塔莎的联系方式，我接下来碰到的人并非她俩。这其中有两方面原因，一是我还没有下定决心，要不要认真开始，费时费事地工作，还是把它当作可有可无的业余爱好。二是和两人取得联系的过程不顺利。苏珊一直没回信，娜塔莎说近来身体不适，让我春天再联系。要不是 12 月遇到意外转机，这个项目恐不会以现在的时间和方式呈现出来。2069 年 12 月，我回到牛津的圣安东尼学院，参加有关星际礼制的研讨会。与此同时，学院在举办圣诞节前的校友聚会。茶歇时，我扫了一眼校友参会的名单，恍然扫见爱德华・卡内斯，2014，世界历史硕士。与此同时，我听见一阵刺耳的笑声，像生了锈的破铃铛剧烈摇摆，沧桑、坚硬、躁动。依声音望去，他个子不高，脸上布满皱纹，山羊胡，头发银白茂密，身体看上去硬朗结实，像是一头犀牛。年轻的读者对这种已经绝迹的动物应该毫无印象，低沉的动物，冲起来的时候地动山摇。他的下巴到脖子处有一条伤疤，笑起来时伤疤也微微抖动。

我走过去介绍自己，打听他的身份。他眼神扫了一下四周，然后毫不掩饰地笑着声明：正是在下。我随即决定放弃我的会议，跟着他进入校友活动的会场，发现自己比参会的人年轻一截。下午轮到爱德华发言，他简要介绍了自己。这段材料对于我来说弥足珍贵。之前在网络搜集他的信息时寥寥无几，多数在战前。这让我一度推测他在战争中去世了。依照他的发言，以及和校友的私下交流，我了解到他事实上深度参与了战争，屡立奇功，受到长官的赏识和提拔。他负责的行动至今仍然涉密，我无从考证。从旁人口中，得知他在战时的事迹口口相传，尤其在整个西线的溃败和低迷中更显传奇。战后，他拒绝所有公开的嘉奖，成功说服军方抹去他的公开记录和信息，作为对其战功的回报。战争在他身上留下的唯一可见印记，就是他脖子处的伤痕，这样的肉伤在战争中极为罕见，据说是他坚持要和一个机器人进行肉搏决斗留下的。

爱德华的发言中，丝毫未提这些经历，主要说他战后环游世界的旅行。他仍然坚持自行车出行，经营一家推行自行车文化的古董商店。膝盖手术后，他放弃了自行车环游，回到汉普郡居住，打理他的老宅。那时候他偶尔还会穿着军装去伦敦参加会议，直到有一次，路人用识别工具发现了他的身份。那人被打得鼻青脸肿，脑袋开花，成为战后一桩广为人知的暴力事件，引起了人们对退役军官心理状态的关注。军方的介入让这件事风平浪静，他的身份也被隐秘，现在仅以“C 军官事件”代称[1]。自此之后，没人再见过他穿军装的样子。

以下是爱德华的口述。

[1] 年轻读者可能对“C 军官事件”较为陌生。这件退役军官因个人身份暴露的冲突事件在战后曾引发激烈讨论。那时个人信息的公开法案还没有成型，街道上出现识别工具抓取个人信息的行为，赞成者认为这是建立社会信任的方式，提倡包含犯罪记录的信息公开，作为人际交流时的提醒，反对者认为这是对个人隐私的侵犯。这件事也引发对老兵心理问题的关注，催动了信息战争伦理学和人机交互心理学的发展。

2.2

（2069 年 12 月 15 日，牛津）

（他叙述开始时面容严肃）我到牛津上学的时候一切都糟得很。我以为摆脱了过去，但实际上阴魂不散。我老家离牛津不远，温切斯特，五十英里路，开车一个小时。儿时的朋友来找我，又叫我去干些烂事，我父亲那时候的退休金也遇到问题，准备把祖宅变卖。他的从军经历让我在一开始就没信任过国家。毕业前，我们的房子卖了，等到战后我才把它买回来。所以那时候真的可以说是，四面楚歌，对吧，这个词是这么说的吧，我的中文忘记得差不多了，原来还能说一些。L 住在我对面，我记得很清楚。他是优越感很强的人，倒不是说阶级上或智识上。他越是彬彬有礼，你越能感觉到，他其实谁也瞧不上。我觉得他一直不喜欢我，总像看小孩一样看我，但他又很礼貌，不会像教育小孩一样教导别人。这种恰到好处的控制，正是恼怒我的地方。你拿他没办法。他未老先衰的气质，很多亚洲人身上都有。我不知道他们在争些什么，他们即便在争也要表现出毫不在意或是意外获得的模样。这样说算是地域歧视，但这是我当时笃信不疑的观察。老成、持重、不疯不闹、中规中矩。我觉得这是在克制，不是真正的成熟。我渴望和他交流，时不时冲到他的房间，他房间从来不上锁。但他回应我的时候总是镇静冷淡，表现出这有什么出奇之处的表情，口里说“是吗”“这样啊”，像是好好先生，但我又明白他不是好好先生，底下有鲜明的带着刀锋的观点和情绪。

我有两次逼近他的时候。一次是喝酒后和他摔跤。他力气不小，出乎我的预料，我以为他会就范，没想到他整个人和我一起摔到地上，失去平衡，没有下意识的保护动作，胳膊肘砰的一下落地，他没吭声，我也很硬气。还有一次，我和亚历山大喝过酒，你知道亚历山大是谁吧，好，好，我们喝完酒，去L的房间里折腾。他那时候已经睡了，被我俩闹起来，一言不发，坐在打字机前写东西，我们故意把房间弄乱，他头也不回，也不跟我们讲话，只顾着打字。最后，我们又把屋里恢复原样，关了门出去，出去的时候，我对亚历山大说，他好像真的生气了。亚历山大说，无所谓，明天再来找他。

毕业前，我几乎和所有人闹僵了，先是亚历山大，然后是娜塔莎，都不讲话了，这些人你都知道，对吧。特蕾莎和我保持了长期的联系，她一直说，我比她更需要心理干预，可能她说得对。L 和我还是刚开始那样，不冷不热，只不过我们从来没有单独出去玩过。说实话，那时候每个人的状态都很烂，迷惘，陷在一团泥泽里，你拉也拉不出来了，反而弄得一身脏。为过时的毫无用处的知识和考试焦虑，纠结能不能找到和文凭相匹配的出路，又不想为国家政府和大企业卖命。当然，这些琐碎的烦恼到了后来都不值一提，但谁又能否认，那时候我们的烦恼是不是之后危机的伏笔呢。我们的状态，说明系统已经出了问题。每个人又十分坚信，这是他们的个体问题，身体和精神的双重缺陷，要去自我提高和优化。每个人都怀有一份侥幸，觉得自己能成为系统里的获胜者，一个偌大的仿真积分游戏。可笑是不是，大家都怪自己不够好。想起来我们受的洗脑可真够彻底的，还是以自由的名义。要是怀着一点浪漫和热忱，就要经受被抛弃的恐惧。人们会说，你看，大好的前途生生地被弄砸了。而我，已经算是玩砸过一回，好不容易又爬起来的。我发现比药品酒精和暴力更危险的东西：主流价值。

毕业后我去了缅甸，在联合国工作了一阵子。那时候，国际组织算是一份体面的工作[1]。入职后两周，我便发现了

[1] 国际组织在当时的语境里指的是北半球大战后兴起的以国别代表为主的跨国组织，以繁杂的官僚体系和无力改变大国政治的性质为名。

不少端倪，大笔的捐款进来，项目的规模十分寒酸，进展缓慢，但是雇用一大群高薪水的顾问。我私底下搜集材料，发现了这些顾问的社会网络，知道了他们都是谁的人，弄清楚钱都去了哪。准备好后，我去找上司说明情况，他把材料拿去，翻了几页，戴上眼镜，又饶有兴趣地看了几页，合上文件夹，说这很好，十分感谢你的尽职，我们这样做你看是否合适：下周我们邀请机构的监管部门，开一个内部小范围的讨论会。一周后，我穿着整齐地出现在会场，胳膊下夹着资料，准备正式的陈述。会场里座无虚席，那些我在机构里从未谋面的人也都出现了。我开口没多久，便被主持人打断。他说，毫无疑问，我们一直欢迎年轻的血液和热诚，秉持公正和平等的原则。那些套话。然后，他话锋一转，说，在没有了解事实的前提下发表指责是极度危险和不负责任的，这不是我们培养专业素养的方向，实习生应该全面理解项目信息，而不是四处嗅探。我刚准备回应，发现自己的麦克风静音，我便明白，这不过是一场事先准备的批斗会。我站起来，把资料留在桌上，离开会场，收拾了东西，去了缅甸西部。那时候罗兴亚难民危机[1]刚开始，我跟着出逃的难民到了孟加拉国境内。我除了随身的自行车什么也没剩下。一路

[1] 罗兴亚难民危机是 2017 年开始的超过七十万罗兴亚人被迫离开缅甸境内酿成的人道主义危机，是战前数次因冲突产生的难民危机之一。“难民”一词在当时指的是因各种原因离开国籍所在地而被定义的一种新的公民身份，抑或是一种失去公民身份的状态，那是战前所流行的空间政治的产物。

上，自行车为难民驼行李、驼婴儿，穿过雨林的时候我把它扛在肩上，走过沼泽的时候我把它举在头顶。于是有同行的人跟我说，自行车是我的孩子。我感觉自己是它的孩子，不争气的孩子，我是一个机器的不争气的孩子，我的命都拴在那条即将生锈和断裂的链子上，发出苦涩的吱吱的哀嚎。我不知什么时候染上了登革热还是疟疾，高烧，卧床不起，一团火在额头燃烧，晚上我在星空下醒来看到那团火微微地走向覆灭，我以为我要死了，每天都有人在死，被荒野和稠密的枝叶吞噬，我觉得不再孤独，结伴去冥界，留下的尸体可以喂养他者。一家医疗人道主义机构在难民营发现我的时候，我已经意识不清，他们以为发现了一副骨架，我在被埋葬的时候醒过来。我在达卡养了一个月，她们说我像是一块加热的面团膨胀起来，恢复了气力后我便加入这家机构，帮她们做了难民安置的项目工作。三个月后，我用捡来的零件修好了自行车，继续旅行，印度、巴基斯坦、阿富汗、伊朗、伊拉克，最后到伊斯坦布尔，在博斯普鲁斯海峡大桥上扔下自行车。空白了几秒，扑通一声，我以为它会浮起来一下，但它没有，而是像咕咚咕咚吞下一口口水地沉下去，它的支架上背负了太多的怨气和生死，我目睹着它被活活淹死。

回到英国时，我的胡子和野人一样。那时候离我们毕业正好过去一年，我们聚在L公寓屋顶，他搬到了北兵马街上。所有人都在，我们轮流讲述过去一年里经历的事情。

L那时候刚结婚没多久，他婚礼也没邀请我（笑）。我能感觉到，他对学术的兴趣不浓，追问我在伊拉克和阿富汗的情形。他原先的未老先衰的气质消失了，取而代之的是稚气和天真。怎么说，他应该更处于老成的状态，读博士，按部就班地要走出青春的阴影。但他反过来了，到了这个时候，身上那股冲劲儿，像二十岁出头的年轻人，准备马上开始冒险。他对什么都好奇和新鲜，比我一年前见他的时候要开放，连讲起话来也是脏话连篇。亚历山大说，结了婚的人不可能再有革命性了。这句话刺激到他了，引起了几句争论，他还假装要把亚历山大从屋顶推下去。我们想起幸子讲过的朋友跌落屋顶的故事，不知道亚历山大下去后会失去哪一部分的肢体，希望是那张嘴。我们不该在屋顶的，那是消防通道，L把门撬开带我们上来。那天，我们在屋顶上谈到太阳落山，八九点钟样子，我们都醉了，街上的彩灯亮起来，我像是从宇宙俯瞰星河。亚历山大又一次做主，说为什么我们不去玫瑰花冠来一轮呢。我没有去。那是我最后一次见到亚历山大和马可。听说他们不久后便形同陌路，说实话我一点也不惊讶，不用打听原因，我也会站在马可这一边。

至于L，我倒是还有一次和他的遭遇。战争前夕，局势十分紧张，任何穿越国境的人都要被盘问再三，总有人莫名其妙地被边境的机器人杀死。我结束了非洲骑行，那时候我只剩下南极洲没去了，那时候还有陆地的南极洲。即便对我这样长期流离在系统之外的人来说，也清楚地明白，一个时代即将落幕。边界要不然变得高耸入云，要不然被炸药摧毁，你不觉得人类在没有理解时间之前就是在反复地重建废墟吗。英国老朋友帮我找了份政府差事，我的自由行动不受限制，只需完成他们交代的定期任务。你大概已经知晓这份工作的性质。那时候没什么实地人员了，我这一张脸在亚洲和中东引人注目，我白天骑行，装成流浪汉，晚上回到地下室传送信息。阳光明媚温度超过四十五摄氏度的一天正午，同事转给我一份档案，问我认不认识这个人。我一翻开发现是他的档案，便知道他惹上了麻烦，而且是不小的麻烦。我表情不变地说，不，从来没听过这人，把档案退还了回去。那是我能为他做的全部了。一旦上了名单，定是凶多吉少，我一直想……

不过他也可能自杀了，我见过不少这样的例子。抱歉这么说，但自杀绝不是坏的归宿，它是自由意志的流星。不像我，对这个世界没有什么幻念，一开始就没有。世界不是浪漫地出现在我面前，也不曾给我任何许诺。对于L这样的人就不同了。他们接受进步论的观念，相信一个所谓的发展趋势，认为美好新世界就在前方，这样的人普遍经不住崩坏和苦难，一旦出现真实的面孔，他们要么扭过头去，唱起怀旧的腔调，要么，当没有选择，要赤裸裸地看着眼前的一切时，他们就不可避免地倒下。他没有能杀死别人的气质，当一切开始崩塌和相互毁坏的时候，每个人必须杀死点什么才能活下去，你要是下不去手就只能对自己动手。（他抬起头。）嘿嘿，幸子，过来一下！（爱德华发出刺耳的喊声，朝一位女士招手，把她引到茶室的这一端。她穿暗蓝色套装，珍珠耳环，头发乌黑，两鬓有几根梳到耳后的银发，双目炯炯有神，和我握手问好，说幸会幸会，我是幸子。）

爱德华：他是一位记者，不，记者这词现在你们不说了对吧？准确地讲是一位学者。我们在聊L的事，你还记得他吗？当时和我们住在一起的。对，就是那个中国人。你之后还见过他吗？

（毋庸置疑，这是L提到的幸子。但我也在其他地方听到过这个名字。现在这位优雅的女士站在我面前，我便想起她是战时工会运动的领袖，时常出现在新闻的推送里，她领导了东南亚女工在东亚国家的平权运动，实现了普惠移民的医保和教育的权利保障。）

幸子：我从离开牛津就没见过他了。你为什么要找他？哦哦，原来这样。我想他是有些特别，在当时我以为会见到更多和他的一样的人，但事实上没过多久，那种人就销声匿迹了。我不知道我能帮你多少。你不介意我坐下来说吧？谢谢。我的腰椎不好，它总是发出响声，肩膀也酸，胳膊抬不起来。我没打过仗，身上的毛病却比爱德华还多，你说世上是不是永远存在着匪夷所思的不公。L和我不熟，你说他写到我，我还有点惊讶，当然，也惊讶有人对我们那一段时间的历史感兴趣。历史？我竟然不自觉地用了这个词，看来我们已成为过去，离化石也不过是一步之遥。那时候，我们都很年轻，充满气力，又十分迷惑，到处乱撞，像是要找一条路子。

爱德华：好像对什么都满不在乎，而实际上又什么都在乎。

幸子：我记得你当时家里也一团糟，对吧？我家里的情况也不好，不是说经济物质上，是生活上乱七八糟，不是像战争中所有人都恨所有人，而是所有人都不让彼此过得舒服、不放过彼此，你明白吗。父母那一代的纠葛延续到我们这里。我没有意识到，自己在给上一辈人的过去还债，把自己的未来推向深渊。总之，你在家里是学不会爱别人的，只有离家出走才知道有爱。你看L当时就和我们不一样，一看就是原生家庭没什么波折，不需要去焦头烂额。对了，我记得我头一回遇见L的时候，纠结和他说什么话，是普通话、粤语，还是英语。他先开口说了英语，我们之后便是英语。他偶尔听到我说普通话，说原来你的中文这么好。我说是啊，我们本该说中文的。但他还是没转过来。你总是习惯和人讲最开始使用的语言。第二年，大家搬出宿舍，L住在北兵马街上，那个咖啡厅的楼上，叫什么来着……（她拍拍额头。）

爱德华：台子上是金色的Elektra咖啡机，店名是“酿造咖啡”[1]。

[1] 酿造咖啡（Brew），成立于2010年代，在战前成为英国的全国连锁咖啡店，后因咖啡豆的减产运动而关闭。

幸子：对，是叫这个名字！狭小的空间，下雨的时候，光是人进门带来的雨滴就能把地板泡软，晴天时大家喜欢坐在门口的长凳上喝。那时候在公共空间人挨人再自然不过，你知道吗，陌生人之间肢体的亲密接触还不是什么不良的卫生习惯，更谈不上政治的冒犯。有一回，我坐在前面台阶上抽烟，药劲或是酒劲还没醒的时候，L 从家里出来，与我搭话，说的什么我记不清了，我甚至看见字句从他口中出来的那一刻就溶化在了日光里。阳光从斜面照进来，巷子里一明一暗，我坐在清凉的阴影里，眯着眼和他讲话，他站在强光里，我感觉他想拉我一把，让我站起来似的，可我坐在台阶上一动未动。毕业后，我去了加州的医用大麻公司，那时候赶上欧美国家大麻合法化的浪潮[1]，正值新一波淘金热，做了一年，我退去所有的股份，回来读博，研究香港的印尼劳工，这两个地方你知道吗。是的，当时去做东南亚劳工的人不算多，学语言可费了我的老劲，那时候做田野是要扎扎实实地学语言。我以为我是回到了熟悉的街区，不过是要去找那些过去每天在我面前经过的人，但明明是在同一个空间，我却发现要进去另一个陌生的宇宙，要重新开始，要撞得头破血流，也许我身上的毛病是那个时候落下的，来自跨文化的肢体劳损。（爱德华咯咯地笑。）总而言之，我刚回牛津

[1] 这里指的是 2010 年代第一次大麻合法化运动，以美洲为主，涉及医用和消遣类大麻的合法化。在当时，大麻普遍被认为是比烈酒和烟草危害更大的消费品。

不久，在 QEH[1] 见到了 L。我的状态和一年前大不相同，想必他也看得出来。他开口用中文和我说话，我也用中文回答。这对我们来说都挺新鲜的，用中文交流。这听上去有些俗套，但我们用中文说话时，可以说一些当时听来很亚洲的事，比如父母、结婚、家庭、回不回国，这些羞于拿英文来说的。我记得我们聊得很好，他问我要不要喝咖啡，我那时候戒糖和咖啡因，他便给我倒了杯薄荷茶。我尽记得这些细节了。你不介意我多说几句吧。我们当时坐在沙发上，又是秋日午后，慵懒地聊天。当时的杯子是一次性的纸杯，可能都不是回收材料做的，搅茶棍是一次性的木棍，茶装在一次性的纸袋里，你把它撕开，然后泡在水里。你能想象吗，是又毁坏茶叶又毁坏环境的习惯，只有所谓“发达国家”那样做，是不是，爱德华？（爱德华不好意思地点点头。）

总之，我记得茶很糟，尽是木屑和纸板的味道，也没有可以扔茶包的地方，一直泡在杯子里，像在那里发酵。我们就这样聊了一个下午。本来气氛很好，直到他说了一句：**看到你这个样子，真是好多了。看到你这个样子，真是好多了。**（她沉下头，把这句话重复了一遍。）不要误解我的意

[1] QEH，Queen Elizabeth House，牛津大学“国际发展系”所在地。“发展”一词在战前的滥用达到高峰，当代的读者可以把它认为是指代一切可以解决社会矛盾、困境和问题的含糊的目标和方法，它最初的意思代表天真的线性阶段的时间观，之后亡羊补牢的调整和解释也没法阻止这一词汇的空洞和贫乏。如今成为战前历史经典之作的《那些我们曾经信以为真的观念是如何一步步地把我们带向毁灭的撞向山体的快车》一书中对此有详细精彩的论述。

思，我明白这句话没什么恶意，他也不可能是出于恶意说的这句话。但当时听到的时候，不知什么东西深深地扎刺了我，也许是优越或是教育性的口气，好像东亚父权式的长辈口中说出的话。我知道这么说是不公平的，但当时的一刹那就是这么认为。他一句话就把我的创伤全勾起来了，如同把茶杯底湿答答的腐朽的茶包捞起来了。（她说到这里时禁不住握紧了手。）那些抛弃你训斥你的亲属，把你弄得遍体鳞伤，然后你没有力气继续哭泣的时候，他们说，**看到你这个样子，真是好多了。**那些让你对自己身体产生焦虑和怀疑的宣传，把你折腾得毫无信心，等你短暂恢复理智的时候，他们说，**看到你这个样子，真是好多了。**那些把你视作隐形的任意使唤的声音，等你哪一天开始勇敢地说话时，他们说，**看到你这个样子，真是好多了。**你明白吗，他们凭空挖了一个坑，把你推进去，等你气喘吁吁地快要爬出来的时候，他们在一旁拍手鼓励，祝贺你取得成就并且“重归正途”。不能怪L，他最多也就是被当时的社会附身了，说出了那句把我惊醒的话。我决定自己不再需要家人、男人、酒精、药品了，我要指出那个深坑的存在，拦着人不要往里跳，把在里面的人拉出来，再把这个坑填上。（她的语气和表情恢复平静，手也松了下来。）

当时，我们的对话就此打住了，我说不去吃晚饭了，在门口和他轻轻拥抱、道别。两天后，我便回到香港，开始我的田野工作。所以后来呢，请你告诉我，你找到他了吗？

2.3

（2024年1月）

（幸子有所不知的是，他们最后一次见面后，L保持了对她研究和社会事业的关注。在幸子领导东南亚劳工工会的运动时，她的药物酒精史被媒体爆料，一度酿成严重的公共形象危机。那时，L在《当代亚洲评论》2024年1月刊上发表文章，积极声援她的运动。我在此附上全文，以供读者参考。战前《当代亚洲评论》一度因为泛亚的一体化理念遭到审查而停刊，连着三任编辑被通缉追杀。他们在大众的传播中被称作“最后的殉难者”。L和其中一位交往甚密，为他提供了流亡的避难所，因此我们在战后复刊的感谢名单上可以看到L的名字。在我翻找这一篇文章的原始资料时，在档案馆里研究战前报刊史的学者向我透露，这位和L相识的编辑最终在流亡的房间里自杀，并把生前的文稿付之一炬，只留下一封《致后代》的遗书。我说，我知道房子的主人是谁。他说，房子的主人从来没有出现在自杀之后的案件记录里，半年后编辑的证件曾在一个边境口岸使用过，据说是编辑的情人使用了他的身份。我说，情人不会是房东，房东是个直男，那是别人给拿走了。他说，你确定吗，你怎么能通过几十年前的文字判断人的性取向呢。说实话，我还真没见过如此八卦的学者。）

领袖，而非道德完人

近期围绕幸子和她领导的东南亚劳工运动出现了一连串矛盾的追问：为什么一个中日混血在领导东南亚劳工？为什么出身富贵的大小姐在指挥社会底层的劳动人民？为什么滥用酒精药品的人有资格提倡她口中更好的社会？当然，我们可以指出过去领袖人物的不合规的污点，证明出身和私德的好坏不影响他们领导的才能和功绩。但我们不需要这样做，因为这样反而会陷入逻辑的陷阱，即承认这些质疑声音列出的清单确实是幸子的“历史污点”。

我们需要清楚地说明和指出，她的血统、阶级、青春经历都不是值得指摘的对象。要反问的是，我们对一场社会运动中的领袖形象，是不是有什么奇怪的误解？难道她非要是符合国籍肤色的身份？——东南亚社群本身对她的承认和推崇不是已经足够？难道她非要出身贫穷才能理解社会的不公？——她联结不同阶层和社区的能力才让这场运动得到了广泛支持。难道她非要是从出生保持乖巧才有改变社会的资格？——我们已经发现，那些乖巧的人容易变成拥护既得利益的保守力量，而非是反叛、质疑和改变的声音。我们仍然在想象一位道德完人的出现，“黄河清圣人出”，才相信变革的可能。我们拒绝相信平民领袖，普通人的觉醒。一个人要是放弃了她的出身和阶级，走向另一个世界，我们以打量傻瓜或是疯子的眼光看待他们，要不然就是觉得，他们一定藏着什么见不得人的利益和算计。的确，在这样精明的世界观的主持下，我们很难接受一位诞生于我们身边的领袖人物。要是我们能在初期用流言和蜚语毁掉她的事业，那便证明了腐朽的论证：“瞧吧，这些人是成不了事的。”要是我们没能阻止他们，等到她的事业达成的一刻，我们就要立刻把她神化，去除种种不符合圣人标准的过去，把她变成完美道德的实物。从那时起，我们又要说，她的伟大，是她的出身，她跨越阶级的勇气，她克服诱惑和考验的韧性，从一开始决定了她必然的胜利。

我要说，藏于世间的伟大，根本不需要完美道德感的认证。她可以是任何人，来自任何地方，经历过任何事情。英雄不问出身，讲的就是这个道理。领袖的诞生，不排斥、不歧视，需要的是决断和勇气。也因为如此，领袖从来不会是符合社会期望的样子。我们从一个人的过去，判断她是不是正当的领袖，就好比是要回到天文星象去追踪帝王的出生一样。我在求学期间和幸子有交集，因而对她所谓的过去也了解一二。即便我认为当时她展现出来的品性出众，我也不会把这些过去的“优良表现”作为她今日领袖地位的论证。如果偏要说她有什么黑暗过往，那我们也是欢迎的，那些日子没能毁掉她，一定让她更生猛。我们需要这样从泥水里爬起来的经历过污浊的人，而不是一尘不染的圣人。

希望幸子和此次运动的众多参与者，能打破大家对领袖形象的迷信。她当下做的事，说明了她的立场，也是我们需要知道的所有。我们支持她，也不因为自己的身份和过去感到困扰，我们可以是中国人、日本人、印尼人、印度人，也可以在上个月还是种族主义的排外者，而在今天选择支持移民的公民权利。正是这样的决断，不完美的道德联盟，才让幸子为之奋斗的更好社会成为可能。

>>>

3

露西之死

Lucy is Dead

（2014 年 11 月）

3.1

（2070 年 3 月，2073 年 4 月）

3.2

（2070 年 8 月 23 日，达累斯萨拉姆）

3

露西之死

Lucy is Dead

（2014 年 11 月）

喝酒变成了我、亚历山大、马可三剑客的专务，其他人寒窗苦读，叫不出来，苏珊加入赛艇队，五点出门，下午睡觉，晚上不见踪影。亚历山大和马可把胡子蓄长，除去在图书馆和槌球[1]场的时候，我们都泡在酒馆。不，马可不去图书馆，他的房间是图书馆。每周成箱的书定期进来，他又添置了两排桃木书架，威士忌酒的空瓶子越来越多，娜塔莎定期把它们收走作蜡台。墙上非洲地图多了两幅，乌干达和刚果，他说是为了昏睡症的研究。他说起十八岁在北非的摩托旅行，从摩洛哥到阿尔及利亚时怎么摔断了骨头。他为明

[1] 槌球（croquet），已绝迹的运动，在草地上以木槌击球穿过铁环的运动。

年 3 月的乌干达之行兴奋不已，说起来就没完，他在那里曾经短暂待过一周。

我穿过学院的时候经常看见马可。非洲研究中心长期借用学院的公共教室上课，他和老师是课上显眼的白人。他总是昏昏欲睡的样子，手拄着脑袋，两条腿在桌下伸直，下课时间一到，他就像是从沉睡中醒来，拿着一两行笔记的纸，走出教室，伸伸懒腰。看见我说，你也下课了吗。我说，怪不得你是研究昏睡症的，自己都是案例了。他不好意思地笑一下说，待会去喝一杯吗。

比起亚历山大那些精心裁剪跌宕起伏的故事，马可的风格是平铺直叙，但也充满趣味。他同我说帆船的绳结打法，拿起手头的围巾演示渔人结和称人结，差点没能解开。又说起达格·哈马舍尔德的遇害[1]，菲尔·哈伍德[2]的沿刚果河的漂流。他说，等过了复活节，你们都来我住的岛上度假，如果能赶上 8 月的“大蒜节”是最好了，可以尝到蒜味的啤酒。亚历山大说，这真他妈是我听过的“最佳旅游广告”。马可说，味道没有那么糟。亚历山大说，你说是啤酒还是人。

[1] 达格·哈马舍尔德（Dag Hammarskjöld，1905—1961），瑞典外交家和作家，曾任联合国秘书长（1953—1961），在调解刚果冲突时坠机身亡，是当时唯一在任内过世的联合国秘书长。他身亡的空难即是前不久被揭开谜题的联合国 DC-6 号班机空难，因为近百年的事实不清也被称为“百年空难之谜”。

[2] 菲尔·哈伍德（Phil Harwood），身世不详，可能是当时的旅行作家。

我们偶尔换地方，去“老鹰小孩”酒馆[1]，冬天游客少了，服务还是一样糟。离那不远是英国军队的募兵办公室。马可点了三杯健力士，砰，放在桌子上，白色沫子飞溅出来。马可抿了一口，说，你们想过从军吗？亚历山大说，谁给你这个愚蠢的想法。我问，为什么要加入军队？马可说，是海军，不是陆军。我说，我知道，都是军队嘛。马可说，你说的是 Army，那是陆军，要是加入海军，你可以留胡子，还能学开船开飞机。亚历山大说，是，还要杀一些无辜的人，花掉本来用于全民医保的开支[2]，时不时提醒自己忘记那些不晓得为什么要开始的战争。马可说，战争离我们太远了。亚历山大说，但是，他们会费尽心机让你相信，我们时时刻刻处于战争的边缘。马可说，好吧。亚历山大说，我和别人不一样，别人在背后说你，我既在你面前，也在你背后说你。这一场短暂的争论不同寻常。两个月以来，我们吵得面红耳赤，但那都是为喝酒助兴。这次三言两语后，我们陷入了沉默。我冒出想法，三人集团会不会由此瓦解。

亚历山大又点了一轮酒。他突然问我，你是富二代还是红三代，你们是不是说红三代。我说，为什么我要是其中之一呢。他说，如果不是的话，你来牛津学政治干吗？我说，不能是因为喜欢。他说，可以，我们能让喜欢帆船的人

[1] 老鹰小孩，The Eagle and Child，牛津圣吉尔路上的酒吧，因 1930 年代迹象文学社的聚会闻名，后来也成为牛津本地游客集散地。

[2] 当时全民医疗服务并没有普及，也不是因为战争的原因。

加入海军，自然也能接受喜欢政治的中国学生。你是中国哪里人来着。我说，武汉。他说，那是哪里。我说，革命开始的地方。亚历山大大笑，摸摸胡子，说革命结束的地方在哪呢。我说，谁说它结束了。亚历山大又敞开大笑，他喜欢这个回答，像是遇见绝佳的对子。我说，真正的富二代在我们眼前，却要去从军。马可脸红，含蓄羞涩，没有回应。我说，改天能去你们家骑马吗？马可说，那你要夏天来。亚历山大说，才说着革命，怎么投奔上层阶级骑马去了。我说，马背上的革命。马可笑了。亚历山大说，其实你们俩都是大男孩，大男孩。又喝了一轮，马可跷起腿，木凳子打滑，他差点仰过去，安稳下来后，喝了一口酒，说，摇摇晃晃，我在船上，我在船上了！亚历山大说，欧吼吼，我们都在船上了。

马可站起来，摇摇晃晃地上厕所，在木墙上撞出声响。亚历山大说，你真的来自中国的普通家庭么。我说，特殊，不一定是出生在特殊家庭，只需要出生在恰当的时代。亚历山大说，你这样说像美国人，多少有点例外主义的意味。我说，说到美国人，我真是奇怪，他们也和亚洲人一样，扎堆，自己玩自己的，按理来说，没有语言障碍，他们应该没什么融合的问题。亚历山大说，恰恰因为他们说英文，觉得这里和他们熟悉的环境一样，才对文化冲突没有准备，因此受到了预想不到的文化偷袭，你明白吧。你觉得欧洲和亚洲有什么不同。我说，欧洲像在养老，亚洲瞬息万变。亚历山大说，这让你一个革命分子感到不安了吧。我说，这应该是让所有的年轻人感到不安才对。亚历山大说，马可是掉在厕所里了吗。我说，难不成我们还要去看看。马可回来了，衬衣上溅着水迹。我得走了，他说。我们向他敬礼，明天见，船长。

马可推门而去，在门口迟疑了一会儿是往左还是往右。亚历山大把椅子往桌子方向移了移，他解开外套扣子，露出衬衣，手撑在膝盖，似乎准备要说什么。他什么也没说。身体靠回椅背，摸着胡子，眼睛眯起来，望向我身后。我好像看到他年老时的样子，孑然一身，只剩下胡子。叮当叮当，酒保摇铃，这是最后一轮点酒的机会。我俩都没有起身。当我以为我们要走的时候，亚历山大说，再跟我说说你的生平。我说，还有什么好说的，家庭都是在迁徙过程中组成的，我想 20 世纪 80 年代中国的城乡流动，和申根区刚刚开放的时候一样[1]，你知道的，我们这一代出生后，冷战就结束了。亚历山大说，后冷战，毫无意义的标签。我说，对你们学历史的，存在新旧时代的区别么。亚历山大说，我们现在更像是活在两战间期[2]，代理战争继续，生活歌舞升平，民粹主义兴起，世界秩序失衡。现在去叙利亚的人，不正如当年去西班牙的人[3]？

---

[1] 申根区（Schengen Area），是 1985 年起在还没消失的欧盟成员国中实行统一边境管理的地区，是当时作为激进的开放国界的实验之一。

[2] 两战间期（Interwar Period），在那个时期特指 1918—1931 年。

[3] 叙利亚战争是 2011 年开始的各大国介入的内战，西班牙内战是 1936—1939 年的各大国介入的内战，两场战争都因为有跨国武装分子和志愿军的参与而被国际化，影响了当时的一代青年人。

我说，年轻一代总要有理想，要是生活中无处安放，他们就要寻找战争。亚历山大说，那我们在此的理想是什么。我说，我们还没想清楚，想抵制资本主义，又想成为其中的一员。极尽功利地来，又极尽功利地走，我们当然都可能沦落成为 Corporate Whores。亚历山大说，理想是世界青年的通病。听过读过的故事，让他们模糊产生了叫“理想”的模样。碰到事与愿违，就把阻碍视作“理想”的绊脚石。这些叫作现实的不如意，和理想的一帆风顺抽象地对立。我说，你说的是没经历的青年谈论的理想，他们容易在失望后回到可耻的现实主义。我要说的是只属于青年精神的冲劲，敢于挑战，敢于颠覆，敢于付诸实践。亚历山大说，不要忘了，我们之所以在这里，不是因为你口中的青年精神，而是因为我们是旧秩序的一员。我说，没错，所以革命的革命性，向来是推翻自己。旧的已死，新的痛不欲生。

亚历山大问，这句话是谁说的来着。我说，好像是葛兰西。亚历山大说，你真乃马克思主义者。我说，还谈主义，这么 20 世纪的话题。亚历山大说，我们不一样，我们可以随时回去。比如你，回到中国；比如我，回到墨西哥。过去的人，在这样的时候，只能逃离或是留下。我的曾祖父在西班牙内战时移民墨西哥，他已是三个孩子的父亲了，结了两次婚，哥哥弟弟都死在了内战。当时他离开的时候，请求他的父亲一起走，父亲说，我乃一古树，汝知老树异土何哉，殆矣。他再没能见到父亲一面。我说，你曾祖父还回去过吗。他说，回去过，但回到的是记忆的废墟，不是故乡了，连鬼魂都不认得了。我说，你觉得我们也要面对一样的抉择吗。他说，我们现在还没有对岸可以游过去，都挤在这河中央呢。像马可这样的就是尝试过河、差点淹死的，所以我们要拉他一把。

可我们真的把他救起来了么？这样想让我们欣慰，觉得做了一件功德无量的善事。回去的路上下了雾。这几天总是下雾。早上白茫茫，依稀辨出教堂塔尖，夜晚时分更浓，只剩路灯车灯，雾隔离了光，万物成影。来往的人，只剩若隐若现的身影，辨不清年龄与性别。走着走着，不知身处哪个时代。一场大雾，人回到错落的时空里。我期望碰到其他时代的人，他们在大雾里穿过，认不出模样，就像我认不出当下的任何人。路灯下的雾晕，一丝一缕地呈现，走一步，光线就向下转动一格，步伐快慢，转动自主。当我完全地走过，光线绕灯芯顺时针地转了一圈。雾这般对待光，对待时间也得心应手。翻手为云间，显然易见的隐去，难见踪影的浮现。雾中的念头，随呼出的气，融在头顶一片不见光的夜空。

能不能停止你们所谓男子气概的讨论，娜塔莎在厨房里说。接连几天，我和亚历山大激烈地继续我们的话题，越说越投机，好像下一个宣言即刻要诞生。娜塔莎说，我们要立规矩，宿舍里不准讨论政治，这里已经有足够的政治斗争了。我说，你在说什么呢。她说，你不知道，所有人都在闹分手、闹别扭。亚历山大说，他对这样的世事是不关心的。我说，我晚上听到过争吵，可我要怎么开口问呢，“亚历山大，你和你女朋友最近还好吗”。娜塔莎说，你说的语气，好像敷衍地走过场，不关心答案。我说，那我要怎么说，“亚历山大，我听到争吵声了，你们还好么”。娜塔莎说，为什么你说起来就那么奇怪呢。亚历山大说，他想知道，可不想表现窥探隐私的意思，所以就怪了。我说，那我该怎么问。亚历山大拍拍我的肩膀说，你还是不要试了，这或许需要天赋。娜塔莎说，我是这栋楼里唯一情绪正常的人。亚历山大说，那说明你要孤独终老。娜塔莎说，那可不会，我将会是我们里面子孙最多的。不过说起来，这楼里的其他人呢。亚历山大说，都成失踪人口了。爱德华大部分时间在自行车店，苏珊在社团活动，特蕾莎去荷兰找对象了，马可出门的时间越来越少。就剩我们仨了。娜塔莎说，你们说，今年会下雪吗。

我望了望窗外灰蒙蒙的天空，异常的冷，空气像是被抽干了，一直没有雪，只有结霜的风。想穿粗线毛衣，捧着热茶，窝在暖气片旁看书。我买了两本布莱克和雅姆的诗集[1]。学院人迹罕至，我期待落雪，排出了直到2月的工作计划，想借此熬过冬天。我把它写在纸上，誊了一遍，又

[1] 布莱克，应指威廉·布莱克，（William Blake，1757—1827），英国诗人。雅姆为弗朗西斯·雅姆（Francis Jammes，1868—1938），法国诗人。

决定用打字机，这样看起来坚决有力，贴在墙上，又不好意思，取下来，放在第一格抽屉里，从此之后再没看过。身边带了一本唐诗鉴赏手册，陪伴多年，封面快要掉下，从书架上取下来，我每日抄写一首，计算最多到李贺[1]，就能迎来春天。开始写博士研究的申请，并且决定，要是没得到奖学金，就索性不读了。从这里离开，我要去做什么，去咨询公司找份差事然后对着酒店的落地窗户回忆往昔吗，也许我也去当兵，学开飞机，哦这不行，我在平地都会时不时地晕眩，我厌恶血，可未来的战争还会是流血的吗，我果真能接受命运随之而来的任意安排吗，还是要心机算尽来安排下一步的走法呢，或者，命运已经穿过我的手指间就这么错过了。为什么今年还不下雪。

这样下去可不行，我叹了一口气，来，要说服自己，闷头，按部就班地来，让功课变得可以忍受，功不唐捐，一点一滴，朝着不可知的但稳定的方向。直到下一次，和亚历山大的谈话，回到房间，便觉得，笔记、打字机、投影仪、唱片机，都是些无谓的产物，全得要扔出窗外。这样的冬日夜晚最为难挨，变得和夏夜一样躁动难安。满是力量，无处使力。缓慢释放力量的做功，像针织活，像安眠剂，像是安分守己的耗时。怀疑，到底是必经阶段，还是重启前的召唤。窗外的脚手架还在那里，从9月开始，几乎纹丝未动。

[1] 李贺（790—816），中国唐朝诗人。

每天，我要在心里搭一座房子，又把它摧毁。每天，认真地，一块一块，砌砖盖瓦。晚些时候，它轰然倒塌，扬起飞尘，我在上面漫步，碎片踩得咯吱响。明日，我再从废墟里寻找材料，心想着，新建一座坚固无比、风雨不摧的堡垒。雪还是没有来。

中饭后，我和亚历山大，凑上拉美中心的学生，在大堂里玩桌上足球[1]。苏珊这时候也出现了。她说，你吃中饭了吗，你桌上足球玩得比你们国家队还差。我说，要不然你替我来。苏珊把茶杯递给我，撸起袖子。她这些天穿着厚实的棕色大衣，是二手店淘的，进屋脱了，扔在沙发上，里面是单薄的黑色衬衣。她上场，引来阵阵喝彩，亚历山大低着头，全神贯注，紧握转杆，额头冒出汗。不一会儿，见了分晓，苏珊口上哼着小曲，微微晃脑，把袖子放下来，打个冷战，披上大衣，从我手上接过茶杯说，真他妈的冷。晚饭后，我和非洲中心的学生打台球，碰到周五打斯诺克，两人一队轮流，休息时，我和队友拿石粉块抹杆头，他们和我说中国的基建项目，然后我们说西方快要完蛋了，然后我们说大学教授其实什么也不懂，然后我们说这里没有黑人和亚洲人的教员，然后我们说非洲中心的下一届主任指明要招黑人

[1] 桌上足球是一种桌面上的足球游戏，通常以金属杆穿过模拟的球员，而玩家通过两侧的控制杆移动球员。这是亚历山大·菲尼斯特雷（Alejandro Finisterre，1919—2007）在西班牙内战时发明的游戏，从 2005 年开始设有“世界桌上足球杯”。在 21 世纪初，桌上足球台经常置于酒吧等娱乐场所，作为消遣和社交的工具。

教授而职位已经空了一年，然后我们说牛津剑桥里没有黑人学生，然后我们说亚非拉的后殖民主义都是西方人在玩的，然后我们说未来是我们的可不是他们的，然后我们说这个周末要约谁出门。他们问我，马可人呢。我说，好久没见到，应该闷在房间里。他们说，下次把他叫出来。我说，只有考试能叫他出来。

台球过后，我回到房间，打开台灯，开始抄诗。抄完一首，我站起来，围着房间走完几圈后，去敲亚历山大的房门。他打开门，我坐在凳上，他的房间在地下半层，窗户望出去是街道，能看到来往行人的鞋底。我说，我们应该组织集体写作。亚历山大说，好，我们这就去叫人。半小时后，亚历山大、娜塔莎、特蕾莎、我，披上外套，回到茶室。打台球的人散了，倒茶的俄罗斯女士正要下班。她苏联时期跑去巴西，在那里结婚，生了两个孩子，会讲葡语和西语，和学院不少人用母语对话。她还学了几句中文，见到我练习，然后换英语诉说她烦恼的婚姻。不要结婚，她说，结了后离婚分财产更麻烦，我只想拿我一份，回西伯利亚算了。她见到我们一行人来到茶室，说，你们来晚了，茶已经没了。我们说，没事，我们不是来喝茶的。她说，这么冷的天，比俄国还难熬，我先走一步。她解下围裙，拍拍手，挎上包，用中文、西班牙语、英语，依次道别。你们觉得暖气开了吗，特蕾莎小声问。

我们挑了中间的圆桌，围着依次坐下，把茶渍擦净，不说话，开始动笔。亚历山大写社评，我写小说，特蕾莎写明信片，娜塔莎写论文。屋里的瓷器不说话，墙上的吊毯褪去了光辉，屋顶更高了，高到不可触及，连冷风进来也要蹑手蹑脚，注意安静。隔一会儿，就有人站起来，溜达一圈，像给火堆捡柴火。大家心里有一团柴火，固定的时辰，十点半熄灭，偶尔这火烧的时间久了，我们写到午夜。大家走回住处，不约而同站在门口，大眼瞪小眼，像夜空中的星星对望。我说，我们要给写作俱乐部起一个名字。亚历山大说，我们站在温切斯特路上，就叫它温切斯特作家俱乐部。

我睡得很好，喝酒变少，自然地早起。大学公园开门的时间每日延后，我围着学院跑步，路灯还没灭，有时候北兵马街上的彩灯也没灭，没有什么东西醒过来，我脑子里空空如也，一连跑出去几公里，像在夜间奔袭，白茫茫地呼气，到了河边，运河上的船都盖上了帷布，风在黎明即起时停下。这时候，大家都在等太阳。天空泛白，发黄，发亮，我往回跑，到房间时阳光也跟着进屋。我认为我可以一直跑下去。

我在厨房和马可重逢，我有两周没见到他了。他刚探望了女友，骑摩托车从北方回来。我去厨房，是因为在下午四点半时听见喊声，既不在饭点又不在周末，热闹的声音引起我的好奇。我拿起茶杯，下楼，厨房里只有两个人，亚历山大，马可。两人情绪激昂，我闻闻，没有酒味，一切正常。亚历山大面红耳赤，大声地冲我说，露西死了。我说，什么，谁是露西。他又重复了一遍，露，西，死，了。我说，谁他妈的是露西。马可在一旁笑，满脸通红，他说，露西是一只鸡。我说，什么跟什么，你们他妈的在说什么。亚历山大说，你不记得露西这只鸡了。我说，闻所未闻。他说，你不记得马可的乌干达农场了。我说，他在乌干达有农场？

马可说，你们越说越糊涂，是这样，你记得我在乌干达的时候，住在养鸡的农场，主人是一位女士，叫尼娜。亚历山大打断他说，我来讲，尼娜是马可在非洲的女友。马可摇摇头说，我们可没有什么不正常的关系。亚历山大说，马可住在她的农场半个月，她把养的鸡，一只只介绍给马可，对吧，那一只最显眼的叫露西。我说，所以露西是一只鸡。亚历山大说，不只是一只鸡，是配种的公鸡，名叫露西。我说，然后呢。马可说，今天我收到一封邮件，标题是“露西之死”。我说，可怜的露西。亚历山大说，等等，邮件是这样写的：

> 亲爱的马可，当你收到这封邮件的时候，露西已死。希望你还记得他的名字。我们在检查农场的时候，发现他和另一只公鸡不检点的行为。我们决定处死他。现在，露西已死。你不必想念他。祝你度过愉快的一天，尼娜。[1]

[1] 这场“事件”的背景是2014年乌干达通过的反同性恋法案，将同性行为列入刑事处分。

我说，不可能是真的。亚历山大说，是真的。马可点点头说，是真的。我说，干，露西死了。亚历山大哈哈大笑地说，干，露西死了。我说，我们是不是不该笑。亚历山大说，不该，但是露西都死了。我说，露西死了。马可说，没错，露西死了。我说，我们是不是不能和特蕾莎说这件事。特蕾莎推门进来，不能和我说什么，我已经听到了。你们为这件荒谬残酷的事，把厨房折腾得这么吵，一点也不好笑。我们说，抱歉抱歉，但是露西已死。

马可加入了酒局和集体写作，可我从来不知道他在写什么。我们只要说露西已死，他就会从椅子上跳起来，说，走吧，露西已死。这像是暗号流传开来，一旦开口，后面的事情便不得不做。我们调整了时间，晚饭后我不再打台球，直接开始写作，到十点半，然后转去花冠玫瑰到午夜。午夜后只有我、亚历山大、马可。亚历山大说，欢迎回来，马可。你下定决心了吗。我说，下定什么决心了。马可说，我下定决心了。我说，你下定什么决心了。亚历山大说，我们下定决心，圣诞节要结束我们的关系。我说，你们俩在一段关系中？亚历山大说，是结束我们各自的恋情。我说，发生了什么。亚历山大说，你还是不擅长问这些。马可笑着点点头。

我说，那你们痛快地说，是应该喝酒庆祝还是抱头痛哭。亚历山大说，听到说过爱你的人骂你去死，不是值得庆祝的一件事。马可说，至少，我不用再冒风雨骑车去北方。

亚历山大说，但你也没了床第之欢，不像我，不用因为这件事发愁。马可对我说，我以后就来找你了。我说，不需要，我也有人，谢谢。亚历山大说，圣诞节你不走吗。我说，不，我朋友过来，我们在英国转转。亚历山大说，你看，他早有准备。马可说，你要是想的话，可以来我们家过圣诞。我说，不用不用，去真正过节的人家里过节，让我心神不宁。马可说，话说我们选择在过节的时候来做了断，好像不近人情。

亚历山大说，至少给新年新的感觉。我们身在处决的时代，要处决，就要快刀斩乱麻，就要不近人情。处决情感关系，处决理想，处决你多余的情绪。时代逼我们成为刽子手，我们的手上沾满血，没有人能是清白无辜的，我们处决之后再被处决。操，我们可不就是活在一个处决的时代。露西已死。

我们说，露西已死。

亚历山大说，道别都日常化了，每天每夜，我们都在和什么东西，什么人，说道别。我们共同拥有的，只有共同失去的东西。莫名其妙地，他们不再是你的了。你要一刀斩断。还不能慢了，这个时代要求你的决断，你挥刀时，必须要快，必须不加犹豫。因为道别是唯一证明存在的方式。有时候，连道别的时间都不给你，你只需要点一下头，东西就被抽走了。留恋只是旧时代的德性。露西已死。

我们说，露西已死。

亚历山大说，我们等新的东西来，可又有什么新的呢。不过是旧时代嘴脸，又换了一副模样。传统不可怕，可怕是打扮成潮流的传统。你能想象吗，你交了一个新女友，结果解开衣服，其实是前女友，还能有比这更惊悚的事情吗。这是我们的时代，不间断地道别和重逢，但是重逢后，你已失去原先的冲动。复合后的爱情还能是爱情么，两个可怜人的苟延残喘。我们现在就是在为时代续命，眼看着它气数已尽。我们还要处决自己，给它续命。敬露西。

我们端起酒杯说，敬露西。

外面变得更黑，风声更大，路灯下有白晃晃的东西，刷下来。

我说，下雪了。

不，亚历山大说，只是恶心的冰雹。

3.1

（2070 年 3 月，2073 年 4 月）

和爱德华聊天后没多久，我收到安全机构的邀请函。我对此有所准备。三年后，我采访特蕾莎后，又一次地遭遇安全审查（详见第六章）。两次审查的原因都是“战争真相与和解国际委员会针对未授权的个人调查行为的关注”。因为两次审查的过程和结果相差不大，我且把它们一同写在这里。读者一定在报道中读到过不少审查案例的讨论和描述，我在这里不赘述。人机对话中，我如实地回答问题并通过了测谎。但还是有两名调查员出现了，他们态度良好，一时间我无法判断他们是不是仿生人。他们表现得很有歉意的样子，说，事实上您已通过了人机测试，但是我们还有几个问题需要同您“探讨”一下。我们进入宽敞的会客厅，他们验证了我的身份，重复机器提过的一些问题后，他们说，我们注意到，您在从事一份关于L的研究，对吗。我说，是的，我不认为这与你们的调查有关。他们说，这个有关的程度由我们决定。我说，你们是在说，L和真相与和解委员会关心的事情有关吗。

如此来了几个回合，我想我从他们那里获得的信息，多于他们从我这里获得的。显然，他们想要那本手记以及我的采访记录，但没有足够的理由要求我提供。我们一度进入了有关战争和真理的讨论。高个子的调查员说，我们好不容易达成了战争的共识，统一的真相，你知道这费了多少人的努力吗。我们开始重建，和平生活，为什么你要去翻旧历呢。我说，我的兴趣不过是关于一个战前的普通人，怎么会威胁到战后的共识。至于真相，那永远是暂时的，我们现在了解到的怎么会是全部的真相。他回答道，**从来没有一个人的历史，只是普通人的历史，也从来没有一个真相，能够完全取代另一个真相**。我说，那我们的立场是相同的。他说，正因为这样，你才应该意识到你“个人兴趣”的破坏性，它是甲板上出现的一丝裂缝。我说，你要说的是千里之堤，溃于蚁穴吗，但你要知道，要是根基稳固，蚂蚁也只是蚍蜉撼树。你要是足够自信，为什么要担心，要是承认了担心，说明我们要重新开始打地基了。他说，历史修正主义者是无法理解危险的，你们只顾颠覆，没有想过这样做的公共代价。我说，看来你对历史的信仰比我更深。他说，你要有责任意识，要明白你的所作所为。我说，我的所作所为还不够一场审判吧。

矮个子的调查员圆了场，说他们会继续保持对我的关注。于是结束了问答。他们问，需不需要送我回到住处。我说，不需要了，但我想问，私底下的问题，你们是关心L还是关心我见到的人。他们说，一个普通人，认识的所有人都涉及历史事件，这难道不让你怀疑吗。我说，关联已经成为了一种犯罪吗，对于他们那一代人，恐怕都经历了战争。他们说，对，但是人往往站在一群人中间，要是一个人保持和所有人的联系，没有立场，没有选择，那便是可耻，值得深究了。

我立刻明白了他们调查的处境：真理与和解委员会还没有办法做出对L的定性。这样的人也被称作“模糊主体”，即无法判定其立场和所作所为的人。他们既不是罪犯，也不是功臣，没有确凿的证据，足够阐明和辨别他们在战争中的角色，因此无法决定他们档案的归类和针对个人及后代的奖惩。这些人是真相与和解委员会近年来工作的重点，他们的计划是在十年内完成对这些人的排查和定性，这样委员会的工作可以宣告收尾。找到我的调查员一定是希望获得新的证据，借以完成规定的清零指标。

如此一来，我或多或少地在往后的研究中，特别关注了L的政治立场以及他参与战争的可能，但是收获甚小。如果我们把他前后相隔一月的作品拿去评估，会发现它们在政治光谱截然不同的两头，他鼓吹过国际主义，然而又带有强烈的民族感和种族感，他赞同过无政府主义，也说过国家的必要存在，他对自由主义充满怀疑，对反自由主义的声音又嗤之以鼻。我们很容易发现他思想中的矛盾，比如对颠覆和激情的执迷，支持一场扫除秩序的斗争，然而在这场斗争发生之后，他又显现出保守主义的倾向，批评斗争中的敌我意识和对传统的割裂。从来没有一场运动或是变革，能够满足他的胃口，让他心满意足，也没有一场失败的反抗和叛离，让他觉得微不足道。要是有什么一致的东西，就是他对立场感的怀疑，要是什么事件和群体要求至死不渝的支持，要求人们下定决心，永不回头，他一定跳出来反对，他猛烈地抨击不假思索和坚定不移。

2070 年的夏日我找到了娜塔莎。她说，我平生最后一个项目在达累斯萨拉姆，可能要麻烦你，来这里一趟，人来就好，吃住我们这边有。我在马赛人的自治区见到她。她过了八十岁，走起路来很快，有时穿莎丽，有时穿白色短袖和牛仔裤，她带我参观自治区的净水和能源设施。她说，瞧，这些都是可携的，游牧者可以带着一起走，还有你看，那是我们的流动学校。孩子们放学出来，向她说奶奶好。她说，你看，我有这么多的孩子。我们找一块石头坐下来，她从背包里拿出杯子，给我倒茶，说，你看，我保留着老习惯。石头在落日的余晖下染成红褐色，还有余温。

以下是娜塔莎的口述。

3.2

（2070 年 8 月 23 日，达累斯萨拉姆）

孩子，你都想知道什么？抱歉让你大老远地过来。我跑不动了，去年这个时候还可以飞来飞去，如今体力不支，时差的老毛病也回来了。你们年轻人可能感受不到，倒时差对我们一代人多么辛苦。你说你想了解 L 的故事，没错，你说的都属实，我们曾是亲密无间的朋友。来，让我再给你倒一杯茶，这不是日落前能讲完的故事。我老到可以不加保留地同你说话，讲述我知道的一切。这些故事你听完，像沙上足迹随风而去，或者，你会是故事的游牧者，带着这些故事迁往更远的地方，那时候，这些故事就成了你的。我最近在想，人类的社会就是流动的叙事，你觉得呢？

好了，我要克制自己年迈啰嗦的毛病。让我回想一下你的问题。遇见L是在我们的厨房，你知道那时候学生公用厨房，对吧。他，亚历山大，马可，三个人在喝酒，他们那时候就形影不离。没人告诉你他们分裂的事？那我待会跟你说。我那时候从印度搬到英国，你知道，英国的印度移民不少，我想我们的人数最多，中国人是后来居上。我总能在英国的角角落落找到我的族人。马尔瓦尔人。对了，L听到我是马尔瓦尔人时说，他在尼日利亚北部荒凉的村落里，见到的唯一外国人就是马尔瓦尔人。这一点也不出奇，我们正是以游散世界做生意闻名的。总之，当时在英国，我找到家乡的亲切，可那种亲切感也有压力，社会关系和纽带从印度迁移到英国。身在异乡，你却被故乡的什么东西牵绊。学院出现的亲切感不一样，新的纽带是锻造出来的，拿酒精浇灌的，和你的出身无关。我记得住了一年后，大家分开，我非常伤心。我没有换地方，还住在原来那里，换到了苏珊的老房间，但我不想和新来的学生厮混了。当时我们像是孤儿院的孩子们，亲密无间。每个人都算是文化上的孤儿，即便对那些英国本地人也是，他们也要适应多元的文化环境，人与人至少有象征性的平等，那对于他们来说也无疑是一个陌生的星球。

我说话总是出错，总想在他们说话时插进去，总是讲不着边际的故事。亚历山大他们老是笑话我，当然没什么恶意。现在我讲故事，周围会有像你一样的孩子倾听，我喜欢这样，但我也怀念当时大家互相打断嘶喊的时候。我深受他们父母的喜爱，俘获所有家长的心。马可母亲一直给我发节日的问候，每一个圣诞节都邀请我去做客。我在L的婚礼上见到了他的母亲，我们盘着腿坐着，聊起佛教和禅修。爱德华的父亲，差点忘记马岛海战中受的脚伤，激动地要站起来促成我们的婚事。

太阳落山了，我们进屋去吧，不然你会着凉。（我们走向屋子，在门口停下，她拾来一堆木柴，点了火，我们坐在火堆旁继续说。）你们这代人是不是都不会点火了。对，在这里是允许的，暖和起来了吧。我记得当时有谁把我们的厨房给点着过。L和我在厨房里做饭，我们花很长时间煮东西，嘲笑欧洲人没有心思做饭。可惜他的饭菜，对我来说口味太淡，索然无味。每次我去点烤肉的时候都会找他，他从来不喝碳酸饮料，这点我记得很清楚。我有时候觉得我们很像，亚洲人，崛起大国，他乡求学，我们的挣扎应该是很相似。我们都想融入，想过另一种集体生活。他喝酒不也是融入的方式吗？但是，我们最终发现，我们融入的和亲密的是一群朋友，不是社会。他们走了，我们又成了漂泊的异乡人。对于他来说，离开的方式更为惨烈，因为不是人走了，是他的朋友决裂了。亚历山大和马可不再和对方说一句话。

对，我想你也会好奇这件事情的始末。我是最适合告诉你这件事的人。虽然不是当事人，但我目睹了整个过程。事情发生在圣诞节假期后，那时候，所有人都变了一番模样，L和远道而来的朋友度过圣诞假期，变得，怎么说呢，更肆无忌惮了。亚历山大和马可他们和女友分手，两个人都成了单身汉。他们仨那一段时间简直是酗酒，泡在酒坛里，醉生梦死。亚历山大把同系的朋友罗拉介绍给马可，那一天晚上L不在场，但是我在场，花冠玫瑰，近乎是亚历山大生拉硬拽下，马可和罗拉一起回了房间。我们也不清楚他们是否正式确立了关系，但罗拉之后成了我们宿舍的常客。你知道，我和马可的房间墙靠墙，但每次他们都会小心，没有吵得让人无法睡觉，就是靠墙的书架会偶尔震动。我们都挺喜欢罗拉。我先告诉了L，他知道得很晚，知道的时候也只是微微一笑，装出他早已知晓的样子。春假时，L出去旅游，马可去乌干达田野，宿舍剩下我和亚历山大。但是，那位女生的来访并没有终止。等春假结束，马可回来，他们正式宣布恋爱关系。亚历山大和我们表示祝贺。这件事情本不会被发现，马可和罗拉的关系日益紧密，我们都想他们要朝着婚姻的方向去了。我们都去了L的婚礼，那是一场盛大的狂欢，最后我们都喝醉了。婚礼后两周，我们回到牛津，那时候，马可不知从谁那里得知了一年前的春假往事。重要的是，整个拉美中心的学生都知道了。马可碰见我说，我不会再和亚历山大说一句话了。他当夜开车回到岛上。L告诉我，马可走前，在花冠玫瑰约他见面。他问L，你知道吗。L说，我不知道。马可给他看了亚历山大写的信，里面的第一句话说，“我明白我作为你朋友的身份已死”。马可喝完他的酒，上上下下打量了酒馆，那是夏天里最美的时候，然后他说，我恐怕不想再来这了。L一句话也没说，他没有痛骂亚历山大，没有安慰马可，没有说一句话。他们起身，要从酒馆走出去，马可打晃，他喃喃自语地说，我在船上了。两个月后，他从军了。我记得L那一天从酒馆回来的样子，面如死灰，他看见我说，你已经知道了吧。我说，我早已知道了，所有人都知道了。他抬起头说，干。那是我第一次听见他骂人。

（她起身，又添了一把柴火。）毕业后，我去罗马的联合国粮农组织，负责游牧民族项目。我再没有见过亚历山大。马可我见过几次，英国开会时，他和罗拉结婚时；还有战时他被起诉时，我参加请愿，看守所见过一回。我在罗马最后一次见到L。那时候他下定了什么决心，我们有过推心置腹的交谈，我想这对你的研究来说很重要。（她盘起腿，坐在裸露的沙地上，眼睛很年轻，没有浑浊，没有迟疑。）我邀请他来办公室，大楼露台正对古罗马广场，我们在白色的遮阳帆布下吃午餐。我在罗马不到一年，不再念叨香料和咖喱，而是成了奶酪和意面的专家，每天下厨，骑自行车上下班。我们用午饭的时间回顾了一年以来的事情，谈到亚历山大和马可，他转移了话题。

此后几天，我们没有再谈牛津，只顾着在罗马享乐。烈日当空，干得挤掉了空气中的水。晒得睁不开眼睛。我们穿街走巷，喝酒聊天，不干什么别的，把废弃遗址墙壁当幕布，打电影上去，拖出来折叠椅，拿塑料杯分六七欧元的红酒。等到电影结束的九十点钟，从岸边走去特拉斯提弗列区巷子里吃饭。到了午夜，在广场上坐着聊天。他离开的前一天晚上，我们在“诗人”[1]吃过比萨，推着自行车，穿过石板路，走到河边，听到黑色的水流，飞速湍急。

我想起两年前回到印度西部巴尼地区，和游牧社群同吃同住。当年夏季，碰到三十年一遇的暴雨，洪水泛滥，沙地成沼。政府把道路挖断泄洪，我们有半个月和外界断了联系，牧民用竹子篷布搭起临时住处。我每日睡得很香，有时候在地上，太湿的话就找块平坦的石头。我问L，你记得我俩唯一一本都读过的书吗。他说，《努尔人》[2]吗。我说，对，尼罗峡谷的努尔人。还记得吗，他们家族繁衍不是父系的继承。他说，社会和经济能力的繁衍，生育或者领养，扩大自己的家族领地。两个女人也能结成伴侣，完成聘礼和嫁妆的交换，共同养育后代。我说，遗弃孩子少见，收养司空见惯。逐水而居的生活，空间上没有根据地。失去空间，家族要怎样生存，这不是现代的问题。不断迁徙中，留下世代的印记，层层叠叠的化石，积压在泥土之下，和祖先的记忆混作一团。他说，你知道后来发生在努尔人身上的事吧。我说，他们把飞灰涂在额头，加入苏丹内战，要把丁卡人赶出

[1] “诗人”（Dar Poeta），罗马特拉斯提弗列区的餐厅，战前因为抵抗文学运动的聚会被关停。

[2] 以后面两人的对话来看，《努尔人》指的是英国人类学家埃文思–普里查德（Evans-Pritchard，1902—1973）1940 年的作品。

领地。第二次苏丹战争中，四万多流散或是失去父母的努尔和丁卡孩子，他们被称作苏丹的遗子。他说，他们多数成了难民，去了美国或是欧洲，被收养，被寄养。我说，不知道自己亲人的生死，无法哀悼。心理学的说法是“若有所失”[1]。我喜欢这个词。我们长居在外，不就是这种感受么，失去了什么，又说不上来。毕竟亲人还在，继续生活着，还有再见的可能。但这个可能，也没促进你返乡相见。他顿了一下，缓慢地像是试探地说，我们当时在英国，不就是像一个家族么？我说，是，我们的确是。

桥下的黑水湍急。

可能那一刻，第一次也是最后一次，我们彼此承认共同的感触。我们失去家乡，成了世界游民，只能在流动中寻找暂时与偶然的归宿。没有可以回去和终老的地方。我在联合国工作，直到战前解体。那时候我的姐姐也病了，我需要回去照料她。她的年纪比我大了二十多岁，像母亲而非姐姐。你知道，我过早地失去了母亲。我陪姐姐度过了最后三个月，她的子女在逝世前一星期从世界各地回来，因为医院给他们发去了“还有一周时间”的通知书。我的姐姐一直生活在德里，出差和度假之外，没有离开过她的家乡。即便如此，咽气之前，身处再熟悉不过的地方，子孙环绕，我看见

[1] 若有所失（ambiguous loss），心理学概念，原指亲人在战争中失踪后经受的没有明确答案的失去感。战后这一词被广泛使用，现也指移植人造器官后引发人类身体认同的丧失感。

的仍然只是恐惧和孤独。我们想象死亡是离开的过程，不，其实，死亡是留下，一场聚会结束，而只有你不能离开。葬礼后的一周，她的孩子们回到世界各地，我收拾了她的遗物，放弃了留给我的财产。我回到游牧民族，一个接着一个，他们不是说，有游牧的地方就有我吗（微笑）。这些游牧民族的经验，给战争中流散和迁徙的人口提供了独一无二的借鉴。毫不夸张地说，要是没有随机应变的流动，我们都没法活过来，不是吗。我没有结婚，有无数次爱的时刻。每到一地，我就会多出一大群孩子。你看，他们长得多快。他们一开始叫我妈妈，现在叫我奶奶。你千万不要误以为我是人道主义者或是慈善家，那些和我不搭边。对于我来说，这只是生活，别无他法……（娜塔莎睡着了，她从十分钟前开始闭着眼和我说话。她的身体蜷在火堆旁，缩小了，变轻了。白烟往上冒，我添了些柴火，给她盖上毯子，离开了营地。）

>>>

4
河中央
In the Middle of the River
（2015 年 12 月—2016 年 1 月）

4.1
（2071 年 4 月）

4.2
（2071 年 5 月 4 日，巴兰基亚）

4

河中央
In the Middle of the River

（2015年12月—2016年1月）

12.16

他们要把能拿起的东西都放在地上

那两个男人走进我的房间
他们要把所有能拿起的东西都放在地上
他们把房间里的零碎一一降落到地板
和彻夜不停卸货的码头工人一样
他们手上的磨痕愈来愈深
百年被河海冲洗的丘壑
干涸未见过雨露的叶脉

他们佝偻越来越卑微
踩着彼此的背把墙角的尘埃移到地上
他们不再抬头看我
可敬的神灵在我身后
我转过身
除了黑洞洞的夜什么也没有
未干酒渍
无人搭理的喧闹
我拽起一人的领角
不免漂浮起来
向着窗外的黑色和灯光
那两个男人冲过来，一人抓住我的一只脚
他们要把所有能拿起的东西都放在地上

12.18

一个印记出现在我衬衣的下角
直到上车之前
我都没有注意到它
是树梢上的昨夜雨
我想
它精确地穿过了枝叶，人群，伞帽

可它没有像一个雨滴
蒸发 回到空气
于是
生活中又多了一个谜题
我要等它的轮廓
渐渐地
渐渐地呈现
就像对待世上其他的事情一样

12.19

分手

他伸一伸腰，
骨头发出的声响折断了过去。

12.20

烛光

千思万绪聚在一株火苗上

丢弃的诗句在角落里发亮
遗忘的言语在舌尖上游荡
千思万绪熬成一滴蜡滴下
你呀想尽办法要把它浇灭
它却在花瓣上熊熊地燃起

12.22

黑色狮子
黝黑身体
幽静地发光
堆起的木炭又高了一寸
火焰重燃
漫无意识地越过了边际
这只野兽舞动着头
暴风雨的树冠
我担心树干就要折断
黑狮漫不经心地盯着我
用毁灭来试探忍耐

跟一个在窄窄的桥梁上散步的情人
没什么两样

我的双手轻易越过头顶
触不到那躁动的皮毛
它最后还是撕碎了我的梦
我醒来 周身疲惫
像是角斗士刚完成一日的工作

12.23

方在此时
铁轨隆隆鼾声
绵长的夜影
车窗映现出一张张
睡意蒙蒙的面庞
深处歌谣
方在此时悠长
对座的我，舞动着身体
是多动的患者
邻座的我，流淌着泪珠
是叶下的明露
他们和我们
一个在这头，一个在那头
方在此时

我才能碰见你们
即使我们之间
存有暴虐的魅影
不安的喘息
方在此时
我才能碰见我们
错车时的光影
一阵躁动
带我回到那个世界
待我抬起这个世界
周遭身影
经历了一场风雨
零落满地

12.24—25

延误

时间和空间
相隙无间的朋友
挥手道别
时间沿着轨道

继续向前
空间在原地停下

追随的人群
落空了愿景
他们冒着生命危险
抽空了百无聊赖的希望
他们拒绝
在冬夜撤离战场
等着黎明
拉回升起的太阳
就这样
沉默无言的革命中
有一种无力的反抗
没有日光的时空中
冰冷瞭望
时间与空间道别的夜里
火车死在了荒原上

12.30

没有你的时候

我忘记自己
一个无风的早上
我回到这里
我们相识过的地方
冬日的海上

穿过的巷子
少了些星光笑语
烟囱吐出白雾
困在了往昔里
整点的钟声
直白的叹息
老去的街道上
我发现自己曾经模样
到他的身后
想伸出手去拍拍清冷的肩头
在那之前
我想起了他要去的方向
下一个街角
我停了下来
看他远去的脚步
夜下的树影
我没有什么可以忘却

更没有什么值得叹息

1.1

转换的危机

我睁开眼睛的时候
蜘蛛正站在我的鼻尖
长腿优雅地支在
我和它的目光中间
我伸出头
在它的颤抖的身体上
感到在巨人的呼吸中
随时可能丧命的恐惧
我看到了我睁开的眼睛
彼此迅速转换
另一个身体逃离了这场相识

1.3

失眠的清晨
我数着雨滴

终于在它第六次短暂停歇时
站在了屋外
一整夜的潮湿挤满街道
街灯即将被日光取代
一切生命的力量都在茁壮有力地成长
丝毫不稀罕日光的眷顾
云雀婉转
林间流淌不息的水
树下风过
大地的鼓声密集
一颗松果
纵身跳向未来
我看见
一只敏捷的猫穿过巷子
一跃到开满鲜花的藩篱之上
人们都在深睡
太阳还徐徐地移向地平线
但一切有生命的东西都已醒来

1.5

我看见

老人呼出海洋
水底的城市
上升朝岸边走来
我看见
红砖砌成的林子
烟囱支撑树干
工厂回到泥土
我看见
所有的冲突和不祥
卷入一团雾气
大船驶进高耸的山崖
人
赤裸地
站在冰冷的水上

1.9

两个精神病人

还记得拿到诊断书的那天，
我俩击手相庆。
像孩子一样，

奔跑在病患走廊。
二十多年来否定的所有可能，
此时一笔收回！
被护士摁回床上时，
我们仍然难以克制兴奋。
新的世界，
椅子可是一把椅子，
也可是冲锋的利器，
我们还骑着它，在游泳池，
来了一场惊天动地的海战。
院长身后，
我们轻敲一下他的秃头，
平日的严肃转过来，
只能微笑地说，
“不要闹了。”
想要出去走走，
装作一个月的正常，
拎包回家，
那些未竟的愿望和奢求，
全成了能被满足的念想。
在桥下，
我们想坐多久就坐多久，
从日出到日落，

循环往复。

他人的谨慎和关怀中，

我们有股特殊的力量。

和世世代代的哲人一样，

我们被误读。

不过比他们更自由，

我们的存在随着死亡结束。

好是怀念，

你咕咕咕地从大院里逃跑，

我跟在后面，

向全世界大喊，

“快，把我的鸡蛋拦下！”

4.1

（2071 年 4 月）

不难发现，12 月到翌年 1 月的这段时间，记录是以诗歌的形式。而且只有这一段时间有明确日期注明。我没有在 L 的其他作品里发现诗歌，意味着以上的摘抄可能是孤本。为什么会突然转向诗歌，且限于这一短暂时期呢？要回答这个疑问，我不得不找到当事人：圣诞节的来访者。根据其他受访者提供的信息，确认来访者的身份没什么困难。她叫费，L 中学以来的朋友。对经典戏剧略知一二的读者，对这个名字不会陌生，她正是“别处剧团”的创始人，战争期间曾在停火区连续演出一百天，邀请交战双方士兵观看，名噪一时。战后，又承担了文化复兴的角色，重导和重演战前的经典剧目。大家耳熟能详的是根据赵氏孤儿改编的《无名者的战争》一剧，因强烈反战立场和“过于真实的跨时空对话”一度遭到禁演。费战后往返于亚洲和美洲之间，在大学教古典戏剧和视觉电影，同时管理世界多地的剧社。今年年初，她毫无征兆地停止了剧社工作，只剩下每年夏天在出生地武汉举办的“炎热工作坊”，工作坊因其在三十多摄氏度的户外实地举行闻名。虽然确定她的身份不难，资料汗牛充栋，但见到她仍费了一番周折。准确地讲，没有人知道她的去向。我联系她在哈佛大学任教的密友，对方回答，找她，那只能祝你好运了。她的同事和朋友认为我唯一有可能碰见她的场合就是在夏日的武汉。但我怀疑，即便能进入工作坊，也难以说服她抽空与我谈话。我觉得采访应该发生在私下的场合。

说来奇怪，最后我在绝对偶然的情况下遇见了她，但这样的偶然又有冥冥之中的注定。尤其是现在回看，像是被莫名的东西驱使和安排，被“机遇”解释的事件中是反差强烈的宿命感。这种宿命感，会不会是前人形容宗教或意识形态给予他们排山倒海冲击时的感受？说实话，在此之前，我只体会过微小的宿命体验。年轻的读者可能对此不熟悉，技术曾被当作能够抢夺和控制人类的力量。规划，也许这个词更准确。那时候普遍的担心是机器计算会取代人类的智能。我们经历过一个时期，你看到的新闻、听到的音乐、读到的小说甚至认识的人，都是由机器通过你现有的倾好数据推荐给你的。这听上去是不可思议的反乌托邦虚构，但在当时这确实是被接受的现实，针对个人喜好的推送，被认为是个性化的定制，不是强化既有观念的信息茧房。每一次的偶遇事实上是机器的安排。我唯独在那个时候感受过宿命的意味，且有一种无法挣脱的认命。但是我和费的相遇，显然不是机器的安排。那种冥冥之中的感受，是在见面一刻才出现的。我能感觉到她也一样，先是惊奇，再是宿命感。我在那一刻意识到命运是反概率的。它没有办法被概率解释，被确定性的东西概括。这是它不可替代的破坏力和不可抵挡的魅力的来源。像被闪电击中。准确地说，像是一个从来不在雨中行走、在房顶上装了避雷针，却在雷雨到来关窗户的那一刻被击中的人。

2071 年 3 月的时候，我决定去卡塔赫纳参加“拉美文学的二次爆炸”研讨会。起因是战前我在做政治文学史的期间，曾写过两篇文章，《马尔克斯和盖塔运动》和《哥伦比亚，朝鲜战争，拉美文学爆炸》，它们的发表让我晋身拉美文学研究协会，内容我早就忘得一干二净。虽然我此后放弃了这方面研究，从未去参加协会活动，他们的通讯录却慷慨地保留了我的名字，孜孜不倦地发来协会简讯、会议活动、更名换届的简报。我退订过两次也没有成功。战争结束后的第三年，他们恢复了通信。这次我决定参加，抱着私心，想借报销的旅费重回哥伦比亚。我心里打定主意，要复制二十岁拉美旅行的路线，租一辆汽油轿车，穿过巴兰基亚、卡拉卡斯，直抵特立尼达。因为这个不务正业的想法，我在卡塔赫纳的会议上按捺不住、心不在焉，回答提问时连着犯错了两回。找到一辆汽油轿车，当年是最容易的事，现在成了最难的，我好不容易说服了一位相识的教授借我他珍藏的老爷车。他再三嘱咐我要计算好加油的时间，加油站比古遗址还罕见。卡塔赫纳到巴兰基亚的公路，比记忆中的更宽、更亮，像是通往海的另一端。海边的村落仍然保持了原貌吸引游客。老爷车上没有卫星网络，我打开收音机[1]，好奇能听到什么节目，多是无政府主义者在讨论宣言，但最后我找到了播放 20 世纪歌曲的复古电台。听着弗兰克·西纳特拉、妮娜·西蒙、比莉·荷莉戴这些老声音，我一路向东。

见到“我爱巴兰基亚”的欢迎招牌时，我的兴奋和二十岁时一样。我想立马开到“洞穴”（La Cueva），当年巴兰基亚流派聚会的地方。车在这个时候抛锚，我下车时发现油箱已漏。正逢周日晚上，保险和修车公司第二天才能到。我把车推到路边，搭了辆车进城。七点多钟，我到了“洞穴”的对面。中间隔着的马路被挖，需绕一圈过去。我看餐馆里灯火阑珊，门前挂着“暂不营业”的招牌，以为修路的缘故歇业了。即便如此，我还是想绕过去，拍一张照片留念。等我绕过去，这也就是十来分钟的样子，餐馆里灯火

[1] 用于接收无线电发射台的广播节目的设备，曾是必要的车载产品，类似于流行于 21 世纪早期的直播播客。

通明，人声鼎沸。店内装饰和战前一模一样，只新添了几位画家肖像。我进门时铃铛一响。服务生永远是二十岁的样子。她满脸歉意地跟我说，今晚预定已满，希望我改日再来。我想说服她至少让我到吧台点一杯甘蔗烧酒。这时候铃铛又响了，一位女士走进来，和服务生点头问好，徐步走到摆着预定牌子的桌前，只有一把椅子。她刚准备坐下，又折回来，对我们说，如果这位年轻的先生今晚想就餐，可用我的桌子。我急忙表示不需要，她说如果你不介意我们可拼桌。我接受了这个建议，同她走到靠玻璃窗的小桌。服务生搬来第二把椅子。对面相视，我认出了她的模样，比照片上要年轻，没那么锐利。她的微笑承认了自己的身份。她像哈尔波克拉特斯，希腊神话中掌管秘密之神，旁人情不自禁地说出心中的隐秘。上菜之前，我相信她已对我洞若观火，这也让我不惮直言说出找她的目的。提及L，她没有任何回避，而像预料之中。她说这不是在抛锚后的晚饭时间中能够说完的，邀请我第二天的上午九点到她住处。晚饭结束，我起身送她出门。她提议开车送我到酒店，得知我没有预订住处，便说，你到我这里来住吧，明天早上也不用特意预约了。一顿晚饭后，我完全信任她的判断。

她的住处离市区半个小时，木制老房，拥有前廊与后庭，夜晚中能辨别出是鲜艳的红蓝漆色。屋子里有三条狗，两只猫。第二天早上，公鸡打鸣叫醒了我，我发现窗外是临海的牧场和葡萄园。她七点多钟推开门，穿褐色马靴和亚麻上衣，马厩里牵着一匹枣色马，登上朝海边去了，身影消失在扬起的尘埃里。一个钟头后，她回来，马背袋子盛着鲜花，她进门时我也下楼，见她剪枝去叶，弹指间把整理好的花插进瓶中。我们吃过早饭，她翻过两个剧本，看一部电影，然后带我去阁楼的图书馆，泡了两杯咖啡，听我说项目的源头和进展。我花了两个下午，复述了手头掌握的资料。她未做任何判断，也没有谈起L，而是和我谈项目本身。她说，作品的主题是“寻找”，聚焦在我们“都认识”的这个人，一开始就有悬疑的意味。悬疑的结构期待句号式的结局。我说，如果答案不明确，悬而未决，我该怎么办。她说，你要回到寻找的动机，是为了解开一桩案件，还是为了别的。我说，我想找出有过这些经历的人，最后到底怎么样了。她说，你要是寻找完整的叙述，总能造出全能的故事。但是真实没有起承转合，铺垫伏笔，它是措手不及的。我很快发觉和她交谈的陷阱，容易变成说话更多的受访对象。读者从后面就能看出来，本该是单人的口述成了问答的采访。她引导我去打破完整的错觉，恢复每一秒钟的开放性，我有时候觉得这是事先准备的催眠之术。我发现她记性绝佳，记着数十年前事件的精确日期，像是“博闻强记的福内斯”[1]。她每日过着规律和富有节奏的生活，可是每一刻又好像不一样，能立刻转到心血来潮的事件，从远处看，仍是一如既往

[1] 20世纪阿根廷作家博尔赫斯写过的过目不忘的人物。

的处之泰然。周日早上，她准时到玛丽王后大都会教堂，这座花了二十七年建造的教堂，战后又花了二十七年修复。下午，她到加勒比文化公园参加当地剧社的排演，晚上八点到“洞穴”就餐。这样看似重复的生活轨迹下，她每次见到牧师都会变换打招呼的用词，排演时稍微改动前一天的台词和语调，让演员有新鲜的直觉，她在晚饭时总能加上菜单上没有的小菜和香料。她的生活像是变奏曲，重复的主题和对照上又有不断的变化，或是古典诗词，固定的格律上有万千的表达。

就这样，她把我带离了原本的计划。我在农场上生活了两个月，有时候做剧本里的人物，帮她对台词。她教会我骑马，念出花的名字。我回到最基础的追问：为什么要做历史学。除了考据癖，有没有其他的未经承认的冲动。我没有一定要把东西恢复原样的热情，不迷恋全景式的视角，更不想做一个借古讽今的预言家。但我享受做旁观者。历史学像是入场券，凭此进入没经历过的时刻，发挥想象、拼接、篡改，把沉睡的东西激醒。探身窥探过去的动作，是越过博物馆的栏杆观看废墟遗址呢，还是不可避免要跌入池塘的危险之举？我费尽心思找到当事人，他们回想过去然后开口的那一刻，与其说离真相更近，不如说是记忆的诞生。过去好像在那一刻才成为真实。毫无头绪的过去，正如毫无头绪的当下，那费尽周折又是为了什么。我找不到过去精确的原貌，只是把他们当作沙子一样，揉进当下的泥土里，揉进我的躯体里。

午后她坐在猫狗之间，静静地听我的这些想法甚至是没有具体方向的发泄。她的眼睛少有看我，但也没有分心的迹象。她会递给我一块墨砚——年轻读者可能没有用墨水笔的概念，对磨石出墨的“奇观”更是闻所未闻。我承认我也是在历史学古代技艺的通识课上听过这东西。简单来说，这是块不大的黑石，用来研墨和蘸笔写字。我开始磨墨，在屋子里绕圈子，话越来越慢，越来越少，直到变成我看她开始写字。笔头浸入白纸，繁花盛开。她先写一幅小楷，再换斗笔写一大字，挂在门廊上晾干。5月的一个晚上，她拿出米酒，我们在廊亭上赤脚坐着，小酌一阵，她说，我要启程了，你要是有什么想问的，得趁现在。我措手不及，有那么一秒，想说我已经什么都不记得了还谈什么，但更强的冲动来了：我比任何时候都要好奇她和L的故事。谈话结束时，已过了午夜，道别时我们拥抱，脸贴着脸，不知道是她还是我的脸透出阵阵的温热。我说，我能来找你吗。她说，你不是已经找到了吗？

以下是我们的对谈录音。

4.2

（2071 年 5 月 4 日，巴兰基亚）

我：我们从最开始的见面说起？

费：中学开学，他在黑板上写自己的名字。

我：写名字？

费：对，那时候教室的前面是一面黑板，老师上课用。他在上面写了自己的名字，说，我叫 ×××，然后我们成了同桌。

我：他是什么样的人？

费：他是人吗，我们当时都是以狗相称。

我：好好说。

费：（拖长的声音）好。你想知道什么呢。

我：他的为人、性格、处事方式，这些。

费：我们太熟了，难以找到概括的词。要是你会怎么形容他?

我：我会说他是一个痴迷冒险又多疑敏感的人。

费：这用到很多人身上都可以，包括你身上。

我：我们能不能好好说。

费：好了，好了，我认真说。

(我们都笑。)

费：我还是难以找到一两个词语来概括人或狗。这样，我们遵循自然主义的传统，我给你说关于他的事情，你自己做判断。

我：好。

费：他中学的恋爱都以失败告终，喜欢人的时候到处说，确定关系了反而不说，分手时又是人尽皆知。他当过半年的班长，后来因不闻不管的懒散态度被撤职，他收班费时候——那时候我们定期交一笔小钱资助班级集体活动——放袋子在讲台，大家自己缴自己登记，他说，每次总会少一人。他和班主任吵过一次架，险些打起来，后来校长介入平息了这件事。他有一次在学校操场放风筝时头撞到了球门上，患上了轻微的脑震荡。

我：他和你什么关系?

费：很好的关系。

我：仅限于此?

费：(摸着她的狗说)人和狗的关系也可以亲近。

我：我们不是说要好好说。他后来去了英国，你去了美国？

费：对，相隔大西洋。

我：你们保持了联系？

费：一周一次电话，他也寄过信。

我：手写的信？

费：对。

我：我能看看吗？

费：如果你给我留信，后面研究你的人找来，你会希望我给他们吗？

我：如果我同意的话没问题。

费：这么说，你有他的同意了？

我：我们能谈谈他到英国去的改变么？

费：写作上变化大，没那么啰嗦了。他比过去更喜欢旅行，亢奋的时候多了起来。他喝酒多了，有时候打电话，明显能听出来是酒中或是酒后。他的口音那时候会出来，平时是听不到的。声音一高一低，想到什么说什么。他得了两场病，一次是2014年的春假，一次是2016年的夏季，但都恢复得很快，之后补偿性地出游，比以前更野。

我：他生了什么病？

费：2014年的3月是身体上的疲惫吧，发烧卧床，2016年的7月是体内弹片的发炎。

我：弹片？

费：对，他在哥伦比亚的时候被抢劫，对方拿了钱，骑车走的时候向后开了两枪防人来追，结果弹片撞到墙壁，四块碎片扎到他身上。

我：我不知道还有这么一出。

费：他后来碰到人问起，一般说是胆囊炎的手术。

我：你是在2014年圣诞节的时候见过他，对吗。

费：对，去英国玩。你要听我的复述吗。

我：如果你同意的话。

费：（笑）我18日的下午六点到机场，他来接我，我们乘大巴回牛津。他给我腾出来朋友的房间。那时候宿舍空空，只有亚历山大还在，这你已经知道了。我们去学院旁边的酒馆，叫花冠玫瑰，亚历山大给我讲北兵马街和英国内战，我试了威士忌，试了世涛，体会到他打电话时的感受，平时都是在电话的另一头，那一次到了现场。我回宿舍的时候有点晕，街光四散。亚历山大说，我房里还有一瓶红酒。L说，还喝吗。我说，你可以不喝只听我们聊天，这下子他可来劲了，让亚历山大拿酒到他的房间。他找来奥拉维尔·埃利亚松“天气计划”，那是当时在英国展出过的装置艺术作品，一轮血红落日照耀美术馆，他把照片投到墙上，房间里像是在落日的雾中[1]。我们喝起酒，谈到诗歌，亚历

[1] 奥拉佛·艾里亚森（Olafur Eliasson，1967—？），冰岛艺术家，战前因大型装置艺术闻名遐迩，一次走入他的装置景观后突然消失。

山大问我知不知道L每天抄的诗歌，我看见书架上的唐诗手册，说知道。L把它取下来给我。亚历山大说，挑一首适合喝酒的诗歌来念，听不懂也没关系。我找来李白的《将进酒》[1]，在房间里念，从“君不见”到“万古愁”。读罢，亚历山大说很好，L在纸上记下几笔，我问他在写什么，他好像没有听到。

我：你们后来在英国还干了什么？

费：我们在牛津待了五天，我逛博物馆，每天翻那本唐诗手册，他写博士申请书，我们晚饭后出去散步，聊作品，他为一篇小说的标题而苦恼，我刚准备说，你可以把四个字换成两个字，他说，要不然我也可以换成两个字的。我刚准备说，你可以想一个英文标题再翻译过来，他说，我想到了一个英文的标题。我们摆摆手，觉得已经不用再说话交流了。这样的时刻总是发生。

我：他当时在写诗？

费：我们也一起讨论。

我：然后你们去了哪？

费：23日我们乘车北上爱丁堡，遇到积雪，罢工，火车故障，一路不顺，半夜到了车站。我们不断打电话，找出租车，圣诞节前尤其困难，最后找到一辆送我们到住处。那时候还有一家中餐外卖在营业。我们听着黑色的涛声吃牛腩

[1] 李白（701—762），中国唐代诗人。

饭。第二天早上，阳光很刺眼，天空冷得发裂。他说之前四年的记忆回来了。他在床上躺了一日，我出去看教堂和城堡的遗址。31 日，我们在爱丁堡参加霍格莫内街头庆祝[1]，比纽约除夕的人还多。我们入场没多久就被挤散了，透不过气，鞋带散了都没蹲下来系紧的空间。人群里时不时有人晕倒。那是我第一次见人晕倒，脸色煞白，眼珠子往上一翻，像木桩子直直地栽过去，后面的人扶住，急忙喊人不要再往前走，可再后面的人听到喊声，以为是庆祝的声音，兴高采烈地回应，最后逼着人们把她举起来，像音乐会现场举起“跳水”的明星一样把她传递到警察那里[2]。零点前的十分钟，我们奇迹般地在卖水的地方重逢，要了两杯热红酒，等待倒计时，大屏幕上放过去每年最流行的歌曲，*Frozen* 的主题曲放了两回[3]，确实，我们当时就快要被 frozen 了。新年后，我去了曼城，他回牛津，我在 8 日离开英国。

我：之后你们还见过吗？

费：几乎每年一次。

我：直到？

[1] 霍格莫内（Hogmanay），苏格兰语中的新年，届时爱丁堡和格拉斯哥会举行街头庆祝活动，现也作为苏格兰独立纪念日。

[2] “跳水”是流行于当时演唱会的一种社交仪式，由听众或是音乐家从台上纵身一跃，台下的听众会接住并传递。当时的演唱会物理上以肉身参加为主，经常会是大型的群聚现场。

[3] *Frozen*，可能是指一部 2013 年上映的动画电影，后因其反对气候变化的标题遭到过审查。

费：直到战争开始前。

我：他毕业后都做了什么？

费：老师，记者，写东西，四处游走。

我：你了解他的政治参与吗？

费：这一点他从来不谈。

我：你们最后一次见面是在哪？

费：这里，巴兰基亚，他那时候在这学西语。他找我过来改剧本，跟我说桑塔格在萨拉热窝围城时排《等待戈多》[1]，说如果要在战争里编一部剧，要选哪一本。我说《赵氏孤儿》。我们每天晚上到“洞穴”喝酒对本子，到最后一折，他把酒一饮而尽，蓄了一口气，念道“只在这闹街坊，弄一场，我和他决无轻放，恰便似虎扑绵羊。我可也不索慌，不索忙，早把手脚儿十分打当，看那厮怎做堤防。我将这二十年积下冤仇报，三百口亡来性命偿，我便死也何妨”。然后我念，“我、我、我尽威风八面扬；你、你、你怎挣怎拦挡！早、早、早唬的他魂飘荡；休、休、休再口强；是、是、是不商量；来、来、来可匹塔的提离了鞍韂上”。

（她对着我还原了这一段。我鼓掌。）

我：战争期间都没有联系吗？

---

[1] 苏珊·桑塔格（Susan Sontag，1933—2004），活跃于20世纪后半期的美国作家和评论家。萨拉热窝围城战是20世纪战争史最长的围城战役。波斯尼亚与黑塞哥维那首都萨拉热窝1992年4月5日至1996年2月29日遭围，共计1 425天。

费：战争开始的一周，他寄过来一个箱子，你见过的。

我：里面是他的文稿，日记，信件。

费：对。

我：但没有我手上的这个本子。

费：没有，你这个本子里的片段我倒是读过。

我：你为什么只回答我问到的部分呢，就不能和我讲讲你知道的部分。你知道的比这多。

费：知道的多更真实吗？

我：更完整。

费：误读就更多。这和你阅读材料一样，打开的时候，误读就开始了。行动建立在这样的误读之上，比如你来找我，是因为你误读了我和L的关系。

我：你是在否定理解的可能吗？

费：恰恰相反，要是没有误读，理解无处可寻。有了误读，才有回味和演绎。拿剧本来说，里面的对话是对生活的重现么，怕更像是误读，但我们借着误读来理解生活，演员对台词，导演和灯光师讲戏，这都充满误读，我们说，你懂我的意思了，是说我们暂时达成了行动的合拍，动作之下的海洋仍是逆流汹涌，后来这本子被翻译成了其他的语言，成为电影或游戏，又是误读，但也是创造的前提。

我：难道我无法接近原型吗？

费：你从一句话就可以抵达内心了。

我：他是在我研究的这段时间发生了转变对吧，我手上的材料正是例证。

费：我们不都活在二十多岁的遗产里吗。

我：你又开始和我玩猜谜游戏了。

费：说得我像是倚老卖老。

我：你不老，你还很美。

费：（拿起淡蓝色的瓷杯喝水）年轻人说话很甜。

我：总还有什么东西，我是能发现、能接近的。

费：你在这一点上跟他很像。

我：你这才是倚老卖老。

费：你想听一个老笑话吗？

我：洗耳恭听。

费：说一人去看心理医生说，医生，我弟弟疯了，他以为他是一只母鸡。医生说，那你为什么不送他去精神病院。那人说，我也想呐，但我还想要鸡蛋呢。

我：我才不想要鸡蛋呢。

费：哈哈，那你还想要什么，最后一次机会。

我：我想知道他还活着吗。

（她站起来，拍拍身上的灰，十多秒没说话。）

费：到最后，我们都还是想要鸡蛋。

>>>

5
你不来吗
Aren't You Coming
（2015 年 2 月）

5.1
（2072 年 2 月）

5.2
（2072 年 2 月 29 日，贝鲁特）

5

你不来吗

Aren't You Coming

（2015年2月）

苏珊是最早回来的。我不喜欢圣诞节，巴黎冬天稀烂，她说。还有另一个原因，赛艇社训练恢复了。她每天早上五点半出门，天还是黑的，我八点出门跑步时碰到她训练回来。我们晚上看电影吗，她问。我说，你晚饭后来敲门，我都在。晚上八点多，苏珊端着锅进来。快，拿什么东西给我垫一下，她说。我急忙找不太心疼的书，她等不及了，把锅放在了地毯上，算了，她说，拧开西红柿酱，倒在意面上，撒上帕玛森奶酪磨粉，糅点胡椒和盐，然后说，快开始吧，今天我们看什么。

我们原来一起吃饭，随即放弃了，一是她回来的时间不定，二是我发现她太难讨好了。我说，你太难讨好了，我做什么你都不满意。她说，没有，只是没碰到我喜欢吃的。我说，我看你就喜欢吃白煮意面。她说，不，我有时候也吃全麦面包，你知道我们全家去马来西亚旅游的时候，我吃了一个星期的香蕉。我说，你简直浪费了东南亚。她说，仁者见仁。

她说完话，拍拍手，像是体操运动员擦完滑石粉，关了灯，大声喊让我朝她扔个靠背的枕头。我们一周看一个导演，桑德里奇，怀尔德，狄西嘉，费里尼，安东尼奥尼[1]，没有我们都喜欢的当代导演，库斯图里卡[2]是唯一例外。有时候，我们也打破常规，随意选一部电影，我说，苏珊，选一部法国片，那种最法国的片。她选了《柳媚花娇》，此后一周，我脑子里尽是《笃信春日》[3]。她说，你找一部最中国的片子，我选了《阳光灿烂的日子》，此后一周，她说她脑子里尽是《乡村骑士》那首曲子[4]。她说，我以为你会选《霸王别姬》，我说，我以为你会选《祖与占》[5]。我说，我要

[1] 马克·桑德里奇（Mark Sandrich，1900—1945），比利·怀尔德（Billy Wilder，1906—2002），美国导演，好莱坞黄金时代的代表。维多里奥·狄西嘉（Vittorio De Sica，1901—1974），费德里柯·费里尼（Federico Fellini，1920—1993），米开朗基罗·安东尼奥尼（Michelangelo Antonioni，1912—2007），意大利导演，意大利战后现实主义的代表。

[2] 埃米尔·库斯图里卡（Emir Kusturica，1954—？），塞尔维亚导演，战前鼓吹南斯拉夫的再次统一作品被禁，尝试进入政界，随后失踪。

[3] 《柳媚花娇》（*Les Demoiselles de Rochefort*，1967），法国剧情音乐片。《笃信春日》应指 *You Must Believe in Spring*，该电影的配曲。

[4] 《阳光灿烂的日子》（1994），中国电影。《乡村骑士》指其插曲《乡村骑士间奏曲》。

[5] 《霸王别姬》（1993），中国电影。《祖与占》（1962），法国电影。

和巴黎人看《戏梦巴黎》[1]。她说，别看那些给外国人意淫法国的电影。电影结束的时候，要是没到十一点，她说，我们再看一部。我说，困了，你不是明天早上要五点起吗。她说，所以你更没理由说不看。偶然的时候，我们会连看两部，特别是第一部不幸选中了柏林电影节的新片时[2]。

要是我们放近年的新片，房间里的人多起来，不出门的马可和娜塔莎都会来。亚历山大第一时间抢过那把安乐椅，端着他的酒杯，跷二郎腿，顿克家族的皮鞋冲上天[3]。他进屋从来不脱鞋。我说，酒要是洒了，我他妈杀了你。他说，只要我没吐在地毯上，你就应该庆幸。他说，你从哪弄的片子。我说，中文网站。他说，我爱中国。我说，你只有在这个时候才爱。他说，历史学家不论盗版，我们都以偷窃历史为生，况且美国英国不都是偷窃起家吗。我说，大家准备好了吗。苏珊跳起来去关灯。片头开始，我逆着投影的光往回走，眯起眼睛。人多的时候，我们把床横过来，靠墙当作沙发。人头攒动，从左到右，依次靠墙，坐在椅子上、床上、地上，高低不同，墙上电影的光反照到他们脸上，上一秒是五颜六色，下一秒是统一的红或黄，他们凝视着对面，

[1] 《戏梦巴黎》(2003)，讲述法国1968年学生运动的电影。

[2] 柏林电影节是当时的三大艺术电影节之一，是文艺中心南迁之前电影得到国际认可和曝光的平台。

[3] “顿克家族”，应指“Ducker & Son”，牛津草街传统手工鞋铺，因名流的光顾而闻名，2016年倒闭。

纹丝不动，像是嵌入到墙里的人物，一幅湿壁画。

你挡住我们了，娜塔莎说。哦哦，我一边说，一边找到床上留着的位置坐下。爱德华撕开一包薯片，包装袋悠长地裂开口子，他手伸进去，掏出两三片放口里，牙齿合拢，咔嚓咔嚓，像啮齿动物在角落啃食家具。我们把头转过去看他。他说，怎么了，你们也要吃吗。我说，你能安静点吃吗。他说，我不就是正常在吃吗。我们转过头继续看。咔嚓，咔嚓。亚历山大说，算了，你给我们传过来吧。大家轮流吃。我急忙说，别把渣子掉在床上。他们说，好。苏珊张开袋子看了许久，挑出最小一块，品尝后说不喜欢。我说，我们能不讨论薯片，好好看电影吗。他们说，好。娜塔莎说，这是什么古怪味道。特蕾莎说，我看看，叫“高冷鸡尾酒虾”（Posh Prawn Cocktail）。娜塔莎故意用英式口音腔调重复说，哇，Posh——Prawn——Cocktail。哄堂大笑。我按暂停键，说，咱们到底还看不看电影。他们说，看。我说，能不能好好看。他们说，好。我按播放键。马可说，Posh——我说，闭嘴！

电影结束，大家把床和椅子放回原位，我把投影机收起来，屋子摆设恢复之前的模样，可还是哪里不对，受了不小的一番折腾，像是脱了的衣服又穿起来的时候。一天晚上，电影结束后时间尚早，开了灯，大家没立刻收东西。我注意到房间里的氛围很奇怪，那一场电影的过程也反常地安静。苏珊先开口了。她说，你为什么要写那篇文章呢。我不知道她在对谁说。亚历山大回话了，因为她来演讲不是问题，问题是我们没有正视他们兴起的原因。我意识到他们说的是勒庞来讲演的事[1]。苏珊去讲厅门口抗议了，亚历山大则写了支持演讲和言论自由的社论。

苏珊说，你知道这些人的危险么，他们的煽动，是我们滑向深渊的第一步。亚历山大说，我们有没有认真听过他们说的话，如果不让他们说，他们更借此作为政治正确打压他们的证据。他们兴起仅是表征，根本是我们主流政党无能对待社会变化，失去了根本立场，脱离了和大众的联系。苏珊说，她的听众不会把这作为一次反思的机会，他们是要造势。亚历山大说，如果大多数选择了他们，不是我们情愿的选择，那是大众出了问题还是我们出了问题。苏珊说，你不该写这样的东西，你也不懂法国政治。亚历山大说，幸好你不是宣传部部长。我说，你们俩都缓缓。亚历山大说，你怎么想。我说，我会允许她的演讲。苏珊说，你不用继续往下说了。我说，但是，我得说，原因和亚历山大说的不同。让她来演讲和言论自由无关，现在不是每个人的声音都能被平等地听到，何谈言论自由。允许演讲，是希望告诉社会，我们还没同质化，不要掉以轻心，误以为形成了什么共识。他们到来是必要的提醒。苏珊说，提醒谁，是提醒你们这些知

[1] 玛丽娜·勒庞（Marine Le Pen，1968—2048），法国政治家，右翼政党国民阵线领袖，多次参加总统选举失利，2015 年在牛津公开演讲引起争议。

识分子，还是提醒给他们投票的大众。我说，你支持社会党的人，不应该相信民众的辨别能力吗。苏珊说，你错了，我是支持梅朗雄[1]的。我说，对，但你们都是少数派了，现在正是需要团结的时候。为什么你们还没有他们团结呢。苏珊说，你们都在责怪受害者。亚历山大说，宗教是人民的鸦片，阿隆后面接的一句是什么来着。苏珊说，去死吧。

连着三天，苏珊没来看电影。我上到三楼，敲她房门，没人回应，我推了一下，门开了。门后挂着外套，日式浴袍，牛仔裤，厚厚一摞的衣服，门把靠不到墙。她的房间里有股淡淡味道。我知道她不用香水，洗洁剂也是无味的，我想那会不会是她运动后的体香剂[2]的残余。虽然她的房间只比我的高了一层，窗户望出去，对面脚手架显得微不足道，像是乐高[3]拼的，同时，能看到哈帝丑陋管道的全貌[4]。房间角落里支三脚架和相机，椅子上搭着从内衣到衬衣到针线衫到厚毛衣的衣物，桌上是摊开的没有完成的水彩画，只有红砖建筑的轮廓，垃圾桶里是音乐会的门票和舞会的入场腕带。我还在看墙上的海报时，门被推开了，苏珊看到我，

[1] 让-吕克·梅朗雄（Jean-Luc Mélenchon，1951—2048），法国政治家，左翼政党领导人，多次参加总统选举失利。

[2] 体香剂，20 世纪中期开始流行的覆盖体味（尤其是汗味）的气雾喷剂，后因“妨碍人类生物特征的识别”逐渐淡出市场。

[3] 乐高，始于丹麦后在 20 世纪流行全球的积木玩具，玩家也由儿童扩大到中产阶层成人。

[4] 作者指的应是由萨哈·哈帝（Zaha Hadid，1950—2016）设计的中东中心。

说，你来找我干吗。她把外套脱下来挂在门后，衣物太满了，掉下来，她捡起来扔到床上。

我说，今天晚上我们看什么电影。她说，今天晚上不在这里吧，我们去莫德林学院看电影，为什么你都不去别的学院呢。我说，我去的，如果有感兴趣的讲座和活动。她说，那是去借用场地，不是真正地去学院，我们只有一年的时间，要抓紧体验。我说，我可能还有三四年。她说，但以你现在的风格，再给你三四年也一样。我说，这样讲，你不应该在英国也多转转吗。她说，现在的鬼天气，能去哪呢。我说，我们至少可以在牛津周边看看。她说，你这倒是提醒我了，为什么我们周日不骑车出去呢，叫上爱德华和马可他们。我说，天气这么冷，骑车。她说，就这么定了，我去叫他们。

莫德林学院放了部基亚罗斯塔米[1]的片子，之后讨论成了伊朗政治，我顶住无聊，坐了四十分钟，出来的时候和苏珊抱怨，她说，我以为是你感兴趣才陪你听完的。我说，我都要睡着了，如果睡着了，肯定还是包含了制裁、人权和核危机关键词的噩梦。她说，好了，那我们明天早上九点见，学院门口。我说，他们都同意去了么。她说，当然。

早饭花了十分钟，找衣服花了半个小时，我发现厚衣

[1] 阿巴斯·基亚罗斯塔米（Abbas Kiarostami，1940—2016），活跃于20世纪的伊朗导演。

服根本不够，手套帽子也抵不住2月的风，我穿好一套出门，立即缩回来，再看有没有可以加到身上的。苏珊准时出现在了门口，骑在自行车上。我说，你连手套都没有带吗。她说，没有。我说，帽子呢。她说，没有。我说，你要回去拿吗。她说，让我们快点出发。我说，其他人呢。她说，都是一群混蛋。

太阳出来得比上周要早，路面反照着强烈的白光，像在温暖与光滑的雪地上前行。我们穿过夏都，过了转盘，一路向西，独立的自行车道终止了，我们只好在公路上骑，上坡时，因后面等待的车队心存愧疚。我说，我们拐到小路去走。路边池塘能以道路通行权[1]到达，可苏珊非要去看没有挂道路通行权的野湖。我还没来得及劝她，她半个身子已跨过栏杆。她说，快点过来。我不得不爬过去。落地时，踩入柔软泥泞的土壤。小心点，地还没干，她说。我们往水边走，像是小心翼翼地经过雷场，躲过积水低洼之处，水面上漂浮着干枯的草和枝条。苏珊掏出相机说，要用黑白的底片来拍。她拍照时，我找到垂钓者岸边坐过的地方，没有泥点的石块木板，鱼竿架子插入泥土留下小坑，里面积了水，澄过般透亮纯粹。树下有遗弃的帐篷，夏日被凶猛强劲的青藤缠绕，如今被枯枝败叶覆盖，再往里去，一辆被遗弃的面包

[1] 道路通行权（public right of way），在英国指公众可以使用和通过的在他人所有土地上的路。

车隐现在林中，大众二型[1]，我兴奋地说，苏珊，快来，有一艘嬉皮车。她把相机盖收起来，沿水边一步一个脚印地走来，观察是从前面还是后面进去。窗帘上还没怎么落灰，她说。不可能还有人在住吧，我说。她倾向侧窗，把手扣在眼眶两边，然后说，没有人。我说，里面有什么。她说，一个沙发……一个柜子……好像是两个沙发，还有毯子。她把身子退回来说，我们要不要进去。我说，不要，我们应该继续往前走了。她又把头伸过去，重复之前的动作，然后说，好吧。

我们回到公路，速度快了许多，我口里哼歌，苏珊要对我说什么，声音消散在空气中，我说，我听不见。她又说了什么，我说，还是听不见。于是，我们拐进应急道，我说，怎么了。她说，为什么你老是哼一首歌，《伊帕内玛姑娘》[2]。我说，那我试试能不能换首歌。重新上路，我却什么歌也想不起来。过了半个小时，太阳升得更高，像是到了冬日的顶峰，我们拐进小路休息，拧开保温杯喝水，热气腾腾。苏珊说，你怎么发出吸吮的声音。我说，那不然你怎么喝热水呢。她说，你就不能等一秒再把沸水灌进去吗。我把扎脖子的围巾解下来，闷着的汗气从最里一层的衣衫透出。我怕着凉，又走进避风公交车站。

这是一座少见的木制公交车站。没有涂鸦，没有被划

[1] 大众二型，德国大众汽车1950年推出的厢型车，因为在1960年代广受欢迎也被称为嬉皮士车。

[2] 《伊帕内玛姑娘》（*The Girl from Ipanema*），1960年代的巴萨诺瓦歌曲。

破的海报，没有被打碎的玻璃窗。棕色的木板斑驳褪色，扎实，像生了根。这里没站牌，苏珊说，公交车站也被遗弃了。我说，我喜欢公交车站的另一个名字。她说，哦，是什么。我说，Bus Shelter。她说，Shelter。我说，对了，我知道要哼什么歌了。我们再次回到路上，我哼《暴风雨中的避难所》[1]。中午时分，我们抵达维特尼[2]，在镇中心找了家酒馆，窗边找到两个位置。苏珊说，我感觉，身边坐着的都是脱欧选民，右翼分子。我说，你被害妄想症又犯了。酒馆有炉火，又干又热，我们进了门就开始脱衣服，直到剩下贴身的单衣，头顶冒出汗和白气，像解冻的生肉。她花了两分钟决定吃威灵顿牛排。我点了炸鱼，上菜时用旧报纸垫着，没有咖喱酱和番茄酱，我撒上醋和盐。我说，骑自行车算不算酒驾。苏珊说，我不举报你。我点了一杯健力士[3]。苏珊吃了不到一半停下，我说，你要我帮你吃完吗。她点点头。

服务生收走盘子后，我继续喝啤酒，似乎相信喝慢一点，酒精在身体里的含量变低，她点了杯大吉岭，没说话，摊开她的本子画素描，一点一滴地勾画出酒馆的样子，黑炭色的木头横梁，磨得铿光瓦亮的板凳，吧台歪曲字体的啤酒

[1] 《暴风雨中的避难所》（*Shelter from the Storm*）是 1975 年美国音乐家鲍勃·迪伦（Bob Dylan）发布的歌曲，上一次太阳风暴时期重新翻红，年轻读者应有所耳闻。

[2] 维特尼（Witney）是英国牛津郡的小城。

[3] 健力士（Guinness）是流行于 19 世纪至 21 世纪初的黑啤，因其较高的铁含量曾被医生推荐给受孕妇女作为饮品。

牌，站立的中年白人，隆起的肚子，耷拉的下巴，苍白的皮肤上暴露红色的静脉血丝。我也把本子拿出来，写我的短篇。她收起画册说，我看那一群人盯着我们的座位很久了。我说，那我们继续走吧。我们起身，往门口走去，端酒杯的人朝着我们的方向说，总算走了。苏珊转过头带着难以忽视的怒气说，如果你想，我们还可以坐回去。我说，我们该走了。

教堂有临时的公共集市，卖些旧东西作为慈善筹资。苏珊拍照，说，你看，和牛津的“恶魔塔尖”[1]一样。入口收一英镑的门票，苏珊踮脚尖，跳起来看里面。售票的老太太说，不如你们就直接进去吧。集市不过是卖旧衣服和帆布包，铁艺，花园摆设，逝去老人家里被清出的装饰品，当地失败画师的作品，离婚陶瓷师的打发时间的玩物。苏珊说，免费进来，我心里难免愧疚，要买点什么东西才行。她拿起一对陶瓷的耳环，说，这怎么样。我说，你要买20世纪之前的东西才确保不是中国制造。她把耳环放下，我们走到门口和售票的老太太说了谢谢。我说，洛弗尔堂[2]离我们还有两三英里，骑过去就快关门了，我们不如往回走。苏珊不置可否。我说，那我们骑过去看看。她说，好。阳光不见了，起风，天色也暗下来，我把围巾分给苏珊一条。我说，你的手冻红了，我把手套给你吧。她说，不用，把衣袖拽下来，

[1] 恶魔塔尖，应指 crooked spires，扭曲的教堂塔尖，因传说是恶魔扭弯而得名。

[2] 洛弗尔堂（Lovell Minister Hall），15世纪洛弗尔庄园的遗址。

盖住手掌。我把手套脱下来说，你还是穿这个。她说，不用，一脚蹬车出去。天气暗得很快，我们到遗址的时候已关门。苏珊说，我们要翻进去。我说，会有人来的。但我知道这也阻止不了她，或是阻止我跟着她。

我们穿过墓地和教堂，找了块避风的残壁，坐下休息。密不透风的云盖住了天空，太阳完全不见踪迹，不知是日落了还是在云后，灰白的光是撑不了多久了。我说，我们今天还能回得去吗。她说，我们待会出去再说。我说，日落在无人的墓园，让我惴惴不安。她说，墓园在那边。我说，这里是建筑的墓园。她说，你到底敢不敢。我说，我可是冒着伤寒致死的风险。她说，别做 wimp。我说，你的词汇越来越英国了。天色更暗了，残垣断壁在地上没有影子，它们的轮廓变得模糊，像要融进即将到来的夜色里。她脸上的光芒在消退，姜色头发顽固地和黑暗对抗，她的目光因此没有往常的锋利。我说，你的眼睛在夜里会发光吗。她说，我希望是蓝光不是绿光。我说，你觉得人在夜晚会变得更像动物吗。她说，你不是说那些无聊的传说吧。我说，不是月光中变身的那种，一般来说，你觉得白天和黑夜的时候不一样吗。她说，也许，也许我们在晚上的时候会更坦荡。没有光照着你，没有影子，能一个人跳舞。我说，我不会跳舞。她说，每个人都会。来，你站起来。我说，不用了，我们又不是在拍电影。她说，你站起来。我说，我们该走了。

村落陷入夜晚，只有道路上的车光，一阵阵地照亮地界。村舍在夜里显得更低更矮，乌黑的茅草屋顶，像倾流而下的泥沼，要贴到地面了。苏珊说，我们可以在这留一晚上，那边有住的。我们走到石头外墙的房前，门口的招牌上写“老天鹅”，冬日里绿油油的盆景，藤蔓经过规训后整齐地爬过一楼窗户。前台引我们穿过酒馆，一股松柏的香味，穿着吸烟服的男女在壁炉边杯觥交错。我回头看看苏珊，嘴上作出“What”的口型，意思是我们可没钱住这。苏珊扬扬眉毛，示意我先看看。我和前台女士搭话，你们这个地方很古朴。她说，是，我们这里有六百多年的历史。我心算一下，那便是明朝的房子，比六百年说起来更久远。我说，你们这婚礼和公共活动的预定一定很多。她说，对，到了夏天，我们这举办的婚礼不少。

我们总算走到了村舍风格的房间。苏珊把背包放在地板上，好像我们已决定住下了。我问，你们这边一晚上的费用是？前台小姐说，195 英镑一晚。我看苏珊，我们都没说话。前台小姐说，到了晚上，没人再会来了，我可以打折到 175 英镑。苏珊说，你觉得怎么样。前台小姐也看着我。我说，我想，我们可以再转转，如果决定了还可以回来。前台小姐微笑，引我们出去。苏珊骑上自行车说，我们为什么不把它当作一次体验。我说，我们先朝着牛津的方向骑。

我们没车灯，没头盔，路上也没路灯，我把手机拿出来，打开手电筒，扣在车把上，照亮前面一处地界，就这样，时不时因为反应不及的弯道，冲进草地，迎面或是背面而来的车辆，驶过时怒气冲冲地鸣笛。苏珊说，这样不行，连我都觉得危险，我们看看附近还有什么村子。我们往有灯火的地方走，镇上除了寒酸的酒馆，没有营业的地方，贴着“夜宿和早餐”的房子漆黑一团，苏珊把车停在路边，上前敲门，没有反应，她又趴在窗户上，把手扣在眼旁，要一探究竟，我在后面喊一声“有人”吓唬她，她无动于衷，最后准备翻到后院去，我一把拉住了她。她说，放开我。我说，这是私人地界，你别胡来了。她说，那怎么办，我们肯定回不到牛津。我说，我们骑到下一个酒馆，找人帮忙。

天空飘起雨，从黑幕中落下，打湿手套和脸。苏珊说，这也太糟了。我说，前面有亮灯的地方。她说，我们就应该在第一家旅店住下。我说，就在前面了。她说，你知道吗，我痛恨这一切。之后，我们没多余力气说话，衣服里是湿热的汗，外面是冰冷的雨滴，人泡在冷热之间，只有车前微光，在雨水中颤抖地上下颠簸。我们到了亮灯地方，又是一家酒馆。人声鼎沸，我们两个湿漉漉的人进门，大伙儿停下来打量一番。我们走到吧台。酒保说，喝点什么，二位。我们说，热饮，最热的那种。上来两杯热巧克力。我们恢复了些气力，酒保说，你们是往哪里骑。我们说，牛津城区。他说，那不远了，也许你们回得去。苏珊说，可我们没有车灯。酒保睁大眼睛，没有车灯？你们疯了吗。苏珊说，附近会不会有住的地方。酒保说，我们住在这后面，可是没有多余的床了。一旁喝酒的夫妇，听到我们对话也插进来说，要不然我们把你们送到附近的酒店，亲爱的，大卫那家民宿还开着吗，要不然我们打电话问问。我说，不用了，如果可以的话，我们想骑车回去。他们说，别开玩笑了，这个天气，你们没灯，是回不去的，要不然，我们开车把你们带回牛津，白天你们坐公交来取自行车。苏珊说，不用了，我想我们大不了走回去。我听不出来她是在说气话还是认真的。

不出一会儿，全酒馆的人都知道我们的境遇，接连有人过来出主意，讨论这附近还有什么地方开着。我们又点了两杯茶，续坐，不那么着急走了。酒保左手上有一处月牙形的疤，又有些像文身，我便问她由来。她停下擦杯子的手，右手摸摸左手的疤痕，像是在看能不能把它抹平。她说，是过来时的“入职仪式”。我们说，烫一条疤？她说，是，还有别的活动，那时候挺好玩的。她会说法语，苏珊转成法语和她讲。我小声地问苏珊，她还说了什么。苏珊说，没什么别的，只是入职时玩得过了，没想到成了永久性的。酒保问我们，你们还要喝什么吗。我们说，不用了，我想我们要上路了。酒馆里的人都觉得我们脑子出了毛病，他们目送两个自我掘墓的人走出酒馆。酒保追上来，往我们手上塞了一个大号车灯，说，请保重。我说，我们得付你灯钱。她说，不用了，然后跑回酒馆。

没走几步，我们发现早上经过的 Bus Shelter 在附近。苏珊说，早上怎么没发现这里有酒馆。雨奇迹般地停了。2月的雨一旦开始，从来都是淅淅沥沥地没完。这都让我们重拾信心，认为一定能回牛津。星辰占领了纯净的天穹，我时不时地抬头看繁星，多得像装星辰的罐子洒了。苏珊说，你应该看路。我说，别温柔地走进这良夜。她说，你他妈真够矫情的。我说，其实我可以背诵全诗。她说，你还是哼歌吧。但她没阻止我把全诗背了一遍。她说，英国情怀发泄完了吗。我说，完了。她说，有我们都会唱的歌吗。我说，国际歌。她说，不要。我说，《脸颊无间》[1]。她说，不要。我说，那只剩《笃信春日》了。她开口唱，Je l'ai cherchée partout j'ai fait le tour du monde。我唱，Just think if winter comes, can spring be far behind?

等我们唱到忘记歌词的地方，万籁俱寂，没有来车，只有星辰。我们先是到了北边的大转盘，路上有了灯，然后经过夏都，没到学院前，我们在空荡荡的路上骑车划大字，我闻到一阵花香，可 2 月英国哪里来的花香。教堂开始敲零点的钟声，我们压着钟声，一声从道路的左边到右边，一声又从右边到左边，交叉来回十二下。我们把车停在楼下，跑上楼，先到她的房间，她开门，把湿重外套脱下来，把我的红围巾解下递过来，把鞋脱了放在门口。我说，那，晚安了，明天见。

你不进来么，她倚着门说。

---

[1] 《脸颊无间》(*Cheek to Cheek*)，欧文·柏林在 1935 年创作的歌曲，为电影《礼帽》的配曲。

5.1

（2072年2月）

我在哥伦比亚待的时间比计划长了半年，这个国家天气和治安比我记忆中的好了许多，吃的还是比秘鲁差得远。在拉美收集到的资料比预想丰富，原因是这里的线人都太能说了，比如战时档案馆的那位公务员，一两杯酒下肚以后，向我列举他从二十岁时起的情人和从事过的十二份工作，最后问及我感兴趣的部分，他记得住的不多，但说会介绍我认识他管理外国人临时档案的表哥。相比之下，表哥没有丰富的情史和工作履历，但能说出从2030年代至今来哥伦比亚的每个“引起过关注”的外籍人士。他看了一眼L的名字和照片，便不假思索地说，中国人，从英国到哥伦比亚，英文流利，西语一般，我们曾有一厚沓他的档案，后来档案在洪水里损坏，那是最后一批还没数字化的资料。从表哥那里，我得知了L在拉美的活动轨迹以及他引起关注的原因。战前，他几乎出现在每一场公共运动或政变的现场，以记者或学者的身份，从政治咨商到协调人道主义物资，参与程度不等。但有两个显著的特征，一是他参与的运动无一例外是当时竞争中的弱势一方，最后都以惨淡失败告终。二是，一般情况下，参与者选择既定的意识形态阵营，但他没有政治立场，支持过卢拉主义，反对过查韦斯主义，支持过阿连德主义，反对过莫拉莱斯主义，这些都是影响拉美各国的左派领袖。加之他支持的运动都以失败结局，到了战前，他已被各个拉美国家列入禁止入境的名单。表哥介绍给我的另一位管理员查出他在拉美海关的最后一条记录：从哈瓦那飞往开罗。

口无遮拦的线人带来的后果是，近乎每个人都知道我的研究，使馆和警局分别派人来了解情况。手记也短暂消失了两回，都在我洗澡的空当，那是我唯一不随身带着它的时候。第一次我以为是胡思乱想，但第二次完全确认了，因为我刻意把本子对齐桌角放着，等回来的时候稍稍歪了，本子里还有刚被扫描过的余温。所幸没有造成后续的麻烦，但我也知道哥伦比亚时光要就此打住。恰在这个时候我收到了苏珊的来信，她的首映展在黎巴嫩举行，我便订了一张由波哥大飞往贝鲁特的航班。

20世纪经过长期冲突的黎巴嫩幸运地逃过了最近一场

战争的浩劫，长达数年的时间里，它是欧洲、中东和亚洲知识分子的避难所，现在也有人把这一期间的文化繁荣称作中东的新文化运动。战后贝鲁特仍然吸引了全世界的青年文艺工作者，他们占据了20世纪内战时留下的“筛子楼”，即外墙充满弹孔的废弃建筑，这样的空间改造也成为城市新景观。巴勒斯坦国家建设时期完成后，黎巴嫩的巴裔人口减少了，相信年轻读者对此也有印象，巴勒斯坦民众举着祖辈在1948年阿以战争离开家园时随身携带的钥匙，回到他们从未踏上的故土，这一场面现在想起来仍教人热泪盈眶。

贝鲁特现是中东地区人口成分最复杂、语言最多、宗教信仰最丰富的城市，人们对此的玩笑是撞车后不知道该用哪门语言或是哪个习俗处理。每个星期都有某个宗教节日或是庆典。它是无政府主义者的圣地，战前解体的政府再没有重组，“国民议会”和“投票”被搬进博物馆，或是在剧场作历史剧演出。党派不见踪迹，所有的公共服务被外包给个人或是组织，合同根据公民打分，每四年一续，社会救济全部由宗教团体接手，前提是不能因为宗教信仰区别对待救助群体。因此也有人说贝鲁特已经“消灭了政治”。话虽如此，经济上的隔阂和犯罪率问题仍没得到有效解决，其他地方少见的谋杀和抢劫时有发生，还在以犯罪题材为主的过气作家导演都聚在贝鲁特，比新闻速度还要敏感地收集最新的案例资料。

苏珊的首映在希腊东正主教大街的苏尔苏克美术馆举

办。她的艺术家名声是晚年确立的。依据公开资料我们得知，牛津毕业之后，她回到巴黎，读了两个性别研究硕士，领导两次公务员罢工，短暂参与了法国共产党，她给剧社设计海报，同时拍些短片。她第一部受关注的影片是关于跨性别运动员尝试获得参赛资格的挣扎，至少为她在酷儿艺术节奠定了一定的声誉，她其后的作品混杂了日本导演大岛渚和意大利导演巴拉斯的风格。战争期间，她全部精力转入体育，通过一系列的作品探讨体育、赛事、暴力主体。战争结束前，她的一部名为《光荣与凋零》的作品广泛展出，主题是跨性别的残疾运动员和机器人士兵在荒废的奥运赛场上竞技奔跑。六十岁之后，她的作品转入了复古风格，甚至包括音乐剧，这引来她追随者的不满和分裂。她答应在首映之后与我私下交谈两个小时。

影片开始放映的时候她没有到，等到最后的十五分钟，穿绿色短袖和牛仔裤的老太太出现在放映室的最后一排，大家都回过头去致意。她的头发仍是姜黄，皮肤暗淡无光，但短发透着充沛的精力。她有些心不在焉地回答观众的提问，放映会结束，没有酒没有小吃，她和策展人打过招呼，然后跟我说，走吧，去工作室谈。一旦走出了博物馆，我便感觉她年轻了几岁，面色没那么凶，步伐轻快，说话也很敏捷，我得不停地跟上她的步速和语速。她带我拐进一栋筛子楼，两层是工作区，器材画册分门别类地放好，楼梯搭她的衣服，不同颜色的短袖。她说，我这好像没酒了，你要喝什么茶或是水。我说，随便什么茶吧。她给我倒了一杯白水，杯子上还有残留的颜料。工作室正中央，是一幅法国 19 世纪风格的传统油画，两个女孩迎风在草丛里，下面书架上摆着一个长方形的像是手电筒的物件。那是自行车灯，她说。

以下是苏珊的口述。

5.2

（2072年2月29日，贝鲁特）

他真是个混蛋，不是吗。他一直说要把这些作品翻译成英文，结果我从来没有读到过。他是不是又说在厨房碰到的时候我在喝红酒，那是他记忆混乱，因为我是不喝酒的。他就是这样一个爱异想天开充满幻想的人。战争开始后他再没来找过我。我们最后一次见面，我还在巴黎，住北站附近。我要跟你说什么，他写的东西你转成英文了吗。我想看看。算了，你还是别给我看了，想来也是我知道的那些内容。短暂的牛津时光，人人自以为是。我当时学的是社会学，上课完全浪费时间，都是些没用的数字模型和肤浅的二手理论。那群没有判断力的英美知识分子，掉些法国哲学家的书袋，他们就亦步亦趋，我信手编出一些法国的名词就能高分毕业。

我大部分时候在运动社团，加入赛艇社，学会了魁地奇[1]，说起来，L真是没有什么运动天赋，连桌上足球都有气无力。他唯一优点是电影和音乐的品位，但要是让他尝试什么新的风格，他又十分抗拒。他一定有什么精神衰弱的毛病，我记得他有一阵子睡不好，总来找我，他说只有这样才能睡着。我知道他个人关系的状态，他就是这么一个优柔寡断的人，优柔寡断，我算是找到了最恰当的形容词。你说他政治的活动和冒险，让我告诉你，那他一定是受了什么人的驱使，或是有什么人陪伴，要不然他是做不出来的。我不觉得他参与了任何真正危险的活动，因为他对离经叛道的行为拒之千里。你可不要被他人的说辞或是明面上的记载迷惑了，要知道，他可是编造故事的好手。也许这本手记就是他故意留下来捉弄你的游戏呢，这也说不定。

可不要上当了，这正是我们脆弱的地方，相信我们独自占有了什么人，共同拥有一段时空，认为我们理解谁，或是靠近谁。但归根到底，他者是无法逾越的，是意义上的黑洞，你和死人做游戏的斗争同样如此。为什么我觉得他死了？要不然呢，难道他还活着？如果他活着，造出死亡的假象，那也没什么出奇的，但是我得找到他，朝他脸上打一

[1] 魁地奇是英国小说《哈利·波特》（*Harry Potter*）虚构的空中球赛，后成为现实的运动赛事，设有国际魁地奇协会。

拳。这事才算完。他的性格也不敢还手。这样说起来，他有两次冒犯到我的时候，我真应该揍他一顿的，他也没还手的勇气。一次，是他反对我毕业后回巴黎的选择，说要去冒险，要去脱离熟悉的自艾自怜的圈子，我倒是要看看，他最后都去了哪；还有，我们毕业后一年多没见了，他说，你瘦了不少。你能想象吗，这就是他跟我说的第一句问候，他有什么资格评价我的身体。因为这事，我们起码三个月没联系，后来他说，你是我在牛津最亲密的朋友了，我说，对我而言也是，这才重归于好。

现在想起来，还是我心太软，应该给他一拳。

我手上还有几段当时我们见面的影像，我看能不能找给你看。（她起身去书架下面找老式存储硬盘。）这些都是老古董了，希望还能放得出来。（她把影像投到坑坑洼洼的墙上，边看边说。）这是毕业后，他第一次来巴黎找我。11月，很冷。我白天在 SCNF 实习[1]，参与我的第一次罢工，说来也是，我们办公室的新人都是人类学和社会学的学生，把这些人放到一起，不弄点运动出来才是奇怪。后来我烦了，但辞去工作会失去学校补贴，我就在会议纪要里写要放火烧了办公室，故意让经理发现。L 来的时候住在我的公寓，准确地说是我父母的多余房产，我从楼下顺了辆空置很

[1] 法国国家铁路公司，成立于 1938 年，是法国当时最大的国营公司及雇主之一，在战前解体，苏珊领导的抗议也是促使其解体的因素，铁路作为基建的形式也在那一时期的全球的反路运动中逐步式微。

久的自行车，他对此很不满地说，万一那人回来了呢，我说两周多都没人用了，不会回来了。我没告诉他，他来的第一顿晚饭，也是我从印度餐厅顺来的。那时候，满巴黎都是流浪汉或是难民在广场搭帐篷，我们收留了来自利比亚的难民青年，他整天在暖气旁玩手机。L来的时候也抱怨房间太冷，我自己的话，有时候过一个冬天都不开暖气。

我带他去父母家吃饭，父亲是画家，母亲是记者。L和我的母亲聊得很好，我记得他们聊武汉鸭脖子和萨瓦波弗特奶酪，晚饭后，他和我一起把父亲的画搬到我那。就是你看到的这一幅，画的我和我妹妹。L很喜欢这一幅画，画上盖了一层磨砂的玻璃，他说，立马能感到迎面的风，如果你比我先死了，把这幅画送我。我带他去儿时光顾的书店和煎饼摊。

然后，我们站在一栋妓院门口。我说，你还记得亚历山大说过的他在巴黎遇见的老妓女吗。他顺着我的眼神望过去，看见浓妆女人，年纪偏大，蓬乱头发，红色挑染，抽着烟，不羁地仰头大笑，露出爬满皱纹的脖子，黄色的腐败的牙齿。她很受欢迎，老巴黎和新移民都喜欢她。邻居觉得她和蔼可亲。

然后，我跟他说，巴黎的最后一个成人影院就要关门了，我准备拍一个短纪录片。

然后，我带他去我见过死人的地方。他们说人是冻死或是饿死的，那一天，两个警察拉开惨白的单子，盖在那人身上。两只脚生生地露出来，深黑干瘪的脚踝。

然后，我带他去看我参加庭审的法院。那桩案件涉及我的好友，她在地铁上被人骚扰，对方动手动脚，后来没办法报了警。那男人说，我只是偷钱包。我陪她去法院，不知道什么时候轮到，大家边听边等，千奇百怪的故事就这么撞过来。有一个案子，高中生毕业，拿着上千欧元现金，准备和朋友庆祝，不知道这是哪个富二代，大街上显摆，被一群难民围上来抢了。这男孩淡淡地说了事情的经过，没什么指责，对他而言不算大钱，抢钱的人被判得很重，佝偻着身子离开了。轮到我的朋友，那嫌疑犯上来一顿搪塞推诿，朋友忍不住痛哭流涕，她从前没有这样过，这之后她不时掉眼泪，性格大变，每周要见心理医生。男人是累犯，偷过东西，法官要判他半年监禁，他这时候哇的一声哭出来，说只有他在工作，老婆语言不通，孩子还小，他这一进去，全家都没有饭吃。不像是撒谎，说得很坦诚。

我说了太多不相关的故事，但这就是我们当时谈的事和生活。L 总是一言不发地听我讲完，他这样的态度，会让你想继续说下去。你看这一段，是在北京录的，那时候我从印度回来，经过北京，住在他的胡同杂院里。我到了没多久就在故宫旁边被骗了一回，有人跟我说法语，后来带我去茶室搜走了身上所有的现金。L 第一天就在帮我处理这件事，他报了警，说那是他第一回去警局做笔录，我们的钱是要回来了，等出警局的时候是晚上十一点，我们去街边找吃的，把串起来的食物放进红色辣汤的小吃，我吃完后就躺了一天，从此之后我好像什么都能吃了。后面的日子里，我白天出去和没工作的外国游民混在一起。有个墨西哥人，介绍我们一群人假扮外国专家，到偏僻乡镇参加会议，我记得我作为法国代表参加过轮胎的展销会，去的地方L也没听说，工资是日结，住镇上最好的酒店，这成了我旅游中国的方式。可去的地方没一个记住，只有一个地方，我记住了名字，那是我和L拉上一群朋友去的，快入秋时，一座海边小城，叫秦皇岛，是这么说的吧，说是古代皇帝求仙时经过的还是政变什么的。那地方光怪陆离，像海边的拉斯维加斯和老干部退休基地的综合体，我们走了一个来小时，找到他们要吃的烧烤店，那时候我在北京只喜欢吃煎饼果子和炒四季豆。煎饼果子和法国的街头煎饼很像，对不对。总之，饭桌上，L又说我挑三拣四的，来中国错过了多少的美食，说到我恼怒得又想给他一拳。

吃过饭，我们翻进一片度假别墅区，从后门到沙滩上，在那喝啤酒聊天，不远处是座灯塔，煞白的射光时不时地扫过海面。我不喝酒，在旁边看着他们聊，L说中文的时候就不一样了，成个话痨，我听着听着分了神。九点多钟，起了风，有些冷，这时候L站起来说，This is it。他把外套和长裤脱下来，里面是泳裤。他说，谁要下海。我知道除了我，肯定没人会响应。其他人都以为我们疯了。我把外衣脱了，剩下内衣。天气真是有点冷，让我想起在牛津二三月早上五点多起来去水边训练的时候。他说，月亮像一个盘子。我心想，这真他妈是奇怪的比喻。月光均匀地洒在沙子上，像一面镜子。我们挽手，迎着风，叫喊着，往水里冲，碰到冰冷海水的那一刻，我能感觉他下意识地往回缩了一下，我拉住他说，混蛋，别跑，一把把他推到水里去。灯塔探照光立马掠过来，在我们身上停留，我们故意潜到水里，光在后面追。强烈的白光下，我看不见他，直到灯塔放弃了追踪。我们在水里游了一阵，脚下总踩到滑溜溜的东西，月光下很清楚地看到他湿漉漉的头发和脸。上岸前，我从后面抱了他一下，他说，你身上怎么还是热的。

最后一次见面，看这，又在巴黎，好像还是11月，他老是挑巴黎最烂的时候来。你说我墙上的海报吗，那是马蒂斯的《开窗》[1]。房间那时候有点乱，不过也总是乱的，我不是他那种创造虚假秩序的人。我在地上铺开我在印度、尼泊尔、中国、印尼、哥伦比亚、巴西的写生，每幅画都有两三句俳句相称，他一句一句地念，看到哥伦比亚水泥工的一张，念道“他们在生活的间歇，想象下一种时间”。

我们后来去了这儿，你看，是我住处旁边的运河，你看见那艘船了吗，实际是酒吧。巴黎那会儿不让室内抽烟了，他们弄了艘船，甲板盖上棚子，塑料围布，放上暖气，法律上算是室外，可以抽烟，法国人的智慧是不是。我带他去是因为听朋友说酒好，他那时候还有从牛津养成的酒瘾。

---

[1] 法国画家亨利·马蒂斯（Henri Matisse，1869—1954）的代表作之一。

我点了一杯热姜茶。他兴高采烈地说认识了什么人，要去参加“革命”，也许不是这个词了，反正是这个意思。那个时候我闻到暴力和死亡的气息。你知道你可以从两种人身上闻到，一种是身体衰败的垂死之人，面如死灰，第二种，正是抱着浪漫想象的少年，当他手舞足蹈地说要改造新世界时，死亡就近在咫尺。我头一回，希望他能保住怂和怯弱的一面。我还是很开心那两天他能来，谈了我要去报考电影学院，他给了我不小的鼓励，我们跑去索邦大学旁参加朋友的画展，去电影院看约瑟夫·曼凯维奇的老片[1]，那可能是唯一的英语片，他累得在电影院睡着了，先是呼吸变得均匀，然后鼾声隆起，和以前一样，我把他推醒，也和以前一样。

我们最后一次联系，我去了拉美，本来约好在哥伦比亚见面。我在乌拉圭打电话给他，说弄错了航班的时间，见不着了。他说，好吧。我说，我的护照被偷了。他说，我听说你是去蹦迪的时候弄丢了。这一下又把我本来的眼泪挤回去了。我气冲冲地说，一派胡言，是被人偷去的。我有些烦躁，因为他又暗示是我的粗心大意。当然也是，我到哪总会被小商小贩骗去点钱财。我们沉默了一会儿，或者是我和他手机的信号不好，什么也听不到。我说，等我回来和你细说。他说，好，你要一切顺利。我挂了电话，后来也忘记打回去跟他说这事。四十二年过去了，他真是个混蛋，不是吗？

---

[1] 约瑟夫·曼凯维奇（Joseph Mankiewicz，1909—1993），20世纪的美国导演。

>>>

6
羞耻
Shame

（2015 年 3—4 月）

6.1

（2016 年 6 月）

6.2

（2073 年 4 月，开罗）

6.3

（2014—2028）

6

羞耻

Shame

（2015年3—4月）

欲望，你让它留下，它就干涸了，放它走，它便流走了，亚历山大一边说，一边用手指向天花板。我不知道他因为什么有感而发。苏珊和我都在厨房里听见了这句话，她端着煮好的意面往房间里走，我们有两周多没一起看电影了。骑行回来后，我像受了凉一直没缓过来，头晕脑涨数日，加之组织学术会议，忙得不可开交，每日回到房间便倒头昏睡。有时候，我感到苏珊推门进来，见到我睡了又走了，有时候她走了，我还感到来自椅子那边的目光注视着我。梦醒交错之间，像中了蛊，总是回到那个夜晚的酒吧，看到酒保手上的伤痕。

终于，学术会议的当天，一切以无可挽回的方式发生。

前一天晚上，与会的人陆续到了，匆忙吃过饭，我回到房间，做最后的准备。电话响起来。我食物过敏，你能来帮个忙么，一个不太熟悉的男声说。我迟钝了一下，意识到是上次学院研讨会上认识的意大利人，想必求助别人无门了才找过来。我披上衣服，赶到他的住处。看到满身红疹，着实吃了一惊，立即打车往医院去了。到了候诊厅，他和医生说了自己的症状和需服的药物。英国医师颇为古板，凡事要依着程序，先抽血验血，等结果，来回一折腾，就到了凌晨四五点，给他一开始就说过的药方。等我到家，天已蒙蒙亮了。没怎么睡，我就前往会场。

上午过后，身体一直不适，填补了过量的咖啡。退出毕竟不是选项，我是与会者，又是组织者，下午讨论环节已有一人不能到场，我若是退出，便要全部取消。等我上台，站起来时，一阵头晕。我扶着讲台，勉强开始，想着过一阵子，情形能缓解。没料到越来越晕，我开始语无伦次，立马感到听众增长的困惑。我清楚地明白，自己已经不能完成报告，台下有我熟悉的老师同学，未来工作机构的代表。我抬起头，身体变得更为沉重，似乎就要栽倒了。停顿了半分钟，我说，对不起各位，我要提前结束了。

我希望这不过是一场噩梦，但会场的灯光刺眼的真实。我致歉后慌忙逃了出去，对自己气愤、失望、懊恼、无奈，激烈的情绪蜂拥而至，甚至忘记了本该的头晕。特蕾莎跟上来，把我扶回房间。我躺在床上，麻木地接过热乎乎的红茶和阿司匹林。我服了药，头皮像要炸开，嗡嗡响，像一只迷路的马蜂气急败坏地撞着玻璃。特蕾莎坐在椅子上，我说，没事，你可以回去了。她说，你看上去不太好。我说，没事了。我的味觉渐渐恢复，意识到那杯茶好甜，不知她往里撕了多少个糖条。我说，你知道我喜欢你的。她说，我知道，但你现在还是别说话了。她过来把被子拉到我的脖子底下，说，我去会场跟他们说你回不去了。我身体虚乏到了极点，心中依旧不甘，痴痴地望着天花板，睡不着，起身去厨房烧水，碰见亚历山大和马可。

从没见过一个亚洲人的脸如此苍白，你和马可变得一样了，亚历山大话音落下，察觉了反常。我又被递上一杯热茶。听过原委，亚历山大说，我想未必是坏事，任何学生时代的羞耻都是免费课程，没杀成你的皆助成长[1]。马可说，那要是杀成了呢。亚历山大说，马克思主义者又不惧怕死亡。他接着说，我有一朋友，有名气的钢琴家，碰到的情况比这极端，有时候上台之前，她突然感觉不能演了，毫无预兆，就是感觉不对，硬着头皮也不行，只能临时取消。

他说到这里的时候，我突然想到，我的倒下，可不是毫无预兆，它从骑行就开始了。昨晚又折腾了一夜，那个意大利人最后说了谢谢吗，我不确定，反正今天一天没信息。

[1] 原文为德国哲学家弗里德里希·尼采（Friedrich Nietzsche，1844—1900）的名言，What does not kill you makes you stronger.

苏珊呢，她也不在。我甚至有些怨恨起这些人来。他们才是共同造成今日局面的罪魁祸首。然而，我这么一想，把羞愧引向他人的责任，并没给自己带来丝毫的慰藉，更觉可悲，更觉无可救药。

罗拉给我添了些热水，她是我们厨房的新常客，和谁都能打成一片。刚进门时，我竟然没注意到她。我补上一句问候，她说，没关系，我们理解你的处境。我不知怎么地鬼使神差地恩将仇报地回答说，我不需要这样的同情。她愣了一下，把烧水壶放回原位，看了一眼其他人，挑了眉毛，笑着说，好吧，那随你。马可对我说，你脸色看着差极了，为什么不回去多休息一下。我说，谢谢，但我现在感觉可以了。亚历山大第一次叫了我的全名，然后他说，别他妈弄得这么可悲，你搞砸了一件事，不过如此，克服它。我一言不发，端着茶杯离开，心想，幸好他没过来搭着我的肩膀说那句话。

晚上苏珊来到房间，她刚结束社团活动，哼歌推门进来，说，嗨嗨，我听说白天的事了。我不知她是听说了会议的事，还是厨房的事，或者都听说了。她说，别当混蛋，赶紧好起来，你要我给你做点什么吃吗。我说，你那个手艺还是算了。她说，让你饿死，太不符合人道主义精神。我说，饿死事小，失节事大。她说，我给你煮一杯巧克力吧。我说，好。她坐在我床边，盯着我一口口地喝完，讲她一天的故事，从早上五点半划艇开始，上午回来睡一觉，下午去图书馆消磨时间，再换一次研究课题。她每次多看几页书都会有新的课题出现。她说，我想做的事情太多。我说，是，牛津对于你来说太小。

春假就快来了，天气转暖，苏珊每进房间看我，就会说，你怎么还开暖气，她扭掉开关，把窗户打开，说，有点新空气，你才能好。我的身体渐渐恢复气力，至少能去图书馆了。4 月前，我开始重新骑自行车。所有人在为春假做打算，马可如愿要去乌干达，一整个月保持了罕见的畅快心情，亚历山大要去西班牙参加婚礼，苏珊要去参加魁地奇的循环赛。不出意外，有那么一两周的时间，只剩我一个人还在宿舍。这一两周的时间很快就来了，宿舍清净，我不去厨房做饭，早上也没了咖啡，睡到自然醒，去北街温妮咖啡[1]早午饭，找摩洛哥的老板聊天，他有时候说他来自法国，有时候说阿尔及利亚，对我说的是摩洛哥，下午看书也随性，看到哪是哪，甚至会依着兴趣查些和研究无关的材料，晚饭和苏珊一样简单，超市的即食汤加面包，我都快不需要米饭了。

就在这样无欲无求的时候，我收到了博士的录取通知，更让我迷信生活带来的偶然福祉。因为找不到庆祝的人，这一天生活没有变化，直到晚上，纠结许久，要不要独自去花冠玫瑰喝一杯。酒馆热闹依旧，碰到周日现场表演，后院闹哄哄，要是平日，我一定把本子带着写点东西，今天两手空

[1] 温妮咖啡（Viny’s Cafe），成立及关闭时间不明。

空，静静喝酒，没碰见认识的人，也没遇见搭话的。满足总是转瞬即逝，尤其在旁人不知时。我快步走回宿舍，像是怕被人看到我形单影孤的样子。第二天早上，我照常去咖啡店点了潘尼尼，正和老板寒暄时，同学院的捷克人雅各布急匆匆地进来，问老板说，有消息了吗。老板略显歉意地摇摇头。他说，我能留一些海报在店里吗。老板说，没问题。他取出一场海报贴在门口，又把一叠搁在音乐会和演讲活动通知的旁边，匆匆地跟老板和我道别。等他走了，我放下手中的《卫报》，取一张海报。说是海报，不过是一张打印的传单，上面写着：

> 和我校有密切关联的意大利博士学生 GR 已在埃及失踪两周，如有消息，请尽快联系他的家庭，联系方式如下……

我读了第二遍。

> 和我校有密切关联的意大利博士学生 GR……

过敏以后，他是什么时候跑去了埃及？这解释了为什么发给他的信息都停留在了未读。我有些惭愧怪罪他没有再跟我发信息。我记得，他的研究是埃及的工会。老觉得他是意大利共产党后人，左派，喜欢攻击白人教授的殖民帝国情怀，阿拉伯裔的教授也不一定喜欢他，因为他是坚定的世俗主义和现代化论者。他说要去牛津分析[1]工作时，我们都说，要是去了，就是给英国人做间谍了。他说，你们这群安东尼学院的才是间谍窝子。这一说，好像关于他的片段都回来了。我们为数不多的交谈中，一次是埃及后革命时期，一次是意大利文学，迪诺·布扎蒂[2]，加布里埃尔·邓南遮[3]，他说，等待政治自然改善，就是在等待鞑靼人的到来，而我们要向阜姆进击[4]。你要是可以多待一阵，就被他身上浪漫情怀感染，那和常遇的科尔宾或桑德斯式[5]的大西洋式左派不同，而有种要挣脱国内政治、大举改造世界的冲动，更像古典社会主义者。我和他这么说了，他笑着说，对，我就是左派的文艺复兴。

两周后，我在新闻上得知了他的死讯。尸体在开罗城郊的水泥管道里，身上没有一块完整的骨头。先说被黑帮绑架，后说是警察非法拷打。学生们春假回来，这个案子成了茶余饭后的话题。我去问捷克人，消息证实了吗。他说，

[1] 牛津分析（Oxford Analytica），20 世纪成立于牛津的政治风险分析公司，战前被纳入国有情报机构的网络。

[2] 迪诺·布扎蒂（Dino Buzzati，1906—1972），20 世纪的意大利作家。

[3] 加布里埃尔·邓南遮（Gabriele D'Annunzio，1863—1938），意大利诗人、冒险家和一定程度上的政治家。

[4] 引用布扎蒂《鞑靼人沙漠》和邓南遮 1919—1920 年在阜姆建立自由联邦的事迹。

[5] 伯尼·桑德斯（Bernie Sanders，1941—？）和杰里米·科尔宾（Jeremy Corbyn，1949—？）分别是当时美国和英国的左派政治人物。

是。我说，他的家人呢。他说，有一位伤心欲绝的母亲。早上，我照常去咖啡店的时候，见寻人海报还剩一沓放在门前，阳光照进来，泛着金光，字体滚烫。出门时，我揣起它们，但又不想把它们扔到垃圾桶里，好像一扔，就宣告了不可挽回的除名和死亡。

从这一天晚上，我开始失眠。

我没尝过失眠的滋味，原以为只是多出来几个小时的时间，真正一来，比想象难熬得多。我遵循比过往更严格的作息，午后绝不喝咖啡和茶，每日坚持跑步，热水澡，十一点后不再用电脑和手机。可一切都无济于事。每到十点，准时的焦虑就爬了上来，心脏跳得时快时慢，像是一只手抓住它往下拽，双腿酸痛，介于缺乏锻炼和运动过度之间的酸痛。我反复调换姿势，侧着、趴着、仰着，在房间里踱步，在凌晨的学院透气，辗转难眠，又没法确切地清醒过来。教堂曾经稳定人心的钟声变得令人厌恶，一次、两次、三次，过了四次，今晚便是无望，可以等日出了。白天里，我精神恍惚，看过的字，说过的话，转头即忘，见人报不出名字的时候越来越多。找不到眼镜，我好像时时刻刻在找眼镜，视觉仍是那么模糊不清，一换空间，进个门或是走出房间，就忘了自己原是打算做什么。夜幕降临，不安的鼓声就响起，越是担心，越有迹象说明今晚不过是重复昨夜，要是开始时是因为有其他思绪阻止睡眠，到了后来，完全是对失眠的焦虑在制造失眠。这是一个死循环，我想，失眠成了生活的中心，统治了时间，把情绪掏空，要是没了失眠，没有其他的内容来填补。没过几天，我的全部欲望就消退了，学业，出书，早日成名，人，一场性爱，统统没有了。行尸走肉，我厌恶自己的身体，皮肤干燥，肌肉松弛，再也没有包裹着力量的紧凑，更不用提深黑的眼圈，我控制不住去照镜子，但又后悔面对镜子的那一秒。

苏珊回来了，我急不可待地找她。她打开门说，你看上去真烂。我说，谢谢。她让我进门，给我倒橙汁，说，你需要一杯热牛奶吗。我说，不用，这样挺好。她说，你听说那件事了吗。我说，听说了。她说，你认识他吗。我说，不熟。她说，你是不是不太想谈这事。我说，是。她说，那我们说点别的。我们一时间都没说话。她摆弄桌上的画稿，我在旁边看。她说，你需要一杯热巧克力吗。我说，不用。她跟我说起魁地奇的循环赛，他们怎么坐上便宜的长途大巴，睡眠不足地到了北方城市，在阴雨里参加比赛，然后停下来，争论规则，无果之后去酒吧取暖。她说，我觉得我可以拿这个做研究课题了。我说，题目叫“一个法国留学生的上当受骗之旅”。她说，你也就剩尖酸刻薄的劲儿了。我说，对不起。她说，没事。我说，我真感觉糟透了。她说，你洗过澡了吗。我想了想说，洗过了。她说，你换上这个试试。她把她的汤帷子[1]拿出来，血红色花饰，我换上，尺

[1] 战前一种被普遍认为是传统服装的日式浴衣。

寸刚好。她说，柔不柔。我说，柔。她说，我们看什么电影。我说，去我那么。她说，得了，就在我这，换用电脑看一次。

我们挤在床上看《唐人街》[1]。我说，戈德史密斯[2]的曲子把时间拉长了，那个时间里，什么都是模糊的，荒唐的，令人堕落的。她说，可惜，我们俩都不抽烟。我琢磨这句话的意思，认为自己脑子缓慢，错过了什么对话。她把台灯放到床头柜，关了大灯，橘黄色的光照亮床头和墙角。床头柜上，扣着始终没有读过三分之一的《跳房子》[3]，墙角贴的是奥地利分离派作品，穿黄裙子的女子注视着我们，脏兮兮的狮虎注视着我们[4]，再之上是马蒂斯《开窗》，打开窗户，扑面而来的夺目色彩，橙黄船帆，粉色的海。我说，这是我最喜欢的一幅马蒂斯了。她说，是吗。困意到了，我本该为此兴奋不已，却平静接受了春风般的困意，一缕缕地像柳絮飘来。我躺下来，先伸直身体，又蜷起来。抬头瞬间，看到暖气管上贴的口号，要躺下来才能发现，上面写着，“Smash the System, Smash Capitalism, Smash the

[1] 《唐人街》（*Chinatown*），1974年由罗曼·波兰斯基（Roman Polanski，1933—2033）执导的电影。

[2] 杰里·戈德史密斯（Jerry Goldsmith，1929—2004）是美国电影配曲家，也是《唐人街》的配曲作者。

[3] 《跳房子》是阿根廷作家胡里奥·科塔萨尔（Julio Cortázar，1914—1984）发表于1963年的小说。

[4] 应分别指的是奥地利画家马克斯·柯兹威尔（Max Kurzweil，1867—1916）的《黄裙女子》和奥斯卡·柯克西卡（Oskar Kokoschka，1886—1980）的《狮虎》。

Patriarchy”[1]。她说，你可以在3S的标语下安详睡去。我把头埋在她的肩膀下，像经历一场打碎和推翻的战役，累了，疲惫感像潮水，穿过黑色的夜，从窗户涌进来。我比之前更接近她的味道，透着湿漉雨气，汗味，单调的洗衣粉，有力，健康，源源不断的体内热量让湿气蒸发。她的皮肤不细腻，跟我比有些粗粝，手臂上茂盛的金色毛发，坚挺得打卷，像逆风的麦田。我把手绕过去，搂住她的腰，捏住肚子上的一块肉。她说，这叫作“love handle”，爱意的扶手。我捏着一块柔软的肌体，底下是坚实硬朗的肌肉，像抓住了救命稻草。她也躺下来，说，睡吧，一手伸出去，关了灯。

早上醒来时，阳光洒进来，照亮大半个房间。窗外景象变得清晰，阳光下露出细细的纹路和肌理，我能看清对面脚手架上的螺钉和螺帽，它们赤裸坚硬地，躺在春日不加约束的光里。金属光和日光混在一起，共同射向脚手架下的樱树，粉色花瓣成了耀眼的金色，或说，近乎透明的白色，摆脱了此前的娇柔和夜间芬芳，一瓣瓣的，坚不可摧，永不会飘落的样子。我等了一会儿，确定苏珊不在厨房或浴室，她应该早起划船去了。傍晚，我又到了苏珊房间。我必须找你才能睡着，我说。我入睡时打呼，她会把我推醒，有时她等我睡后直接去我房间睡。要是我安静地睡着，她就和我一起

[1] 虽然不太明确该标语的来源，但不难猜测是当时的前女权时代的宣传语，和资本主义体制的联系反映了当时流行一时的“交叉性理论”，即个人多重身份的重叠所引来的压迫和赋权，此概念在战前演变成“全革命”的观念流派。

睡到早上。我习惯往返于我们的房间，应该说，在我的房间待的时间越来越少。起初，我还担心谁会发现这个夜间的仪式，但没人觉得我穿着苏珊的浴袍进出有什么奇怪之处。我的睡眠渐好，晚上不会讲着话突然睡着，这是苏珊提及的症状。还有我睡前的逻辑不清，讲的话没人能懂的毛病也有所改善。我早起的记忆增多，和日益勤奋的阳光一样。事实上，我再也没听到过教堂的钟声。

我路过 GR 的房间，警方解除了封锁，再过不了多久，会有一名不知详情的交换生入住。房门半掩，我想还有人在整理他的遗物。我跨一步，半身探进去，发现屋内陈设和之前相比没变。朝走廊望了一眼，短时间好像不会有人来，我便全身进入房间。书桌上是一盆月季花，门口挂毛巾，水槽上搁洗浴液和刮胡膏，他的衣服都被清空，书架上只剩阿尔伯特·赫希曼[1]和埃里克·霍布斯鲍姆[2]，一把剑桥大学打败牛津大学的划桨横在沙发和书桌之间，它是房间里最突兀的摆设。我拿起玻璃杯，走到水槽，打开水龙头，满上一杯水浇在月季花盆，月季向四周铺开衰败的枝条，重立起来，向中间靠拢。我坐在白色的床垫上，晚风吹进来。真的到春天了，我想，风已没了寒气，我甚至感觉它们一团团的在房

[1] 阿尔伯特·赫希曼（Albert Hirschman，1915—2012），20 世纪活跃的美国经济学家和政治学家。

[2] 埃里克·霍布斯鲍姆（Eric Hobsbawm，1917—2012），20 世纪的英国历史学家。

里追逐打闹。我记起很多细节，抵达牛津的那一刻，高中夏日，足球课，一封情书，瞬即把这些时刻停在半空，悬置。我的脑里满满的，不觉拥挤，也放得空荡荡，思绪随进随出，来去自由，我便觉得此刻是不受限的，可以是任何人，可以做任何事。

晚风还在不断地款款地吹进来。

6.1

（2016年6月）

一个意大利学生的埃及之死

《星辰晚报》，2016年6月17日

意大利人GR尸体被发现的一年后，谋杀案的真相仍然扑朔迷离。相信一年前的惨案在读者心里留下深刻印象，虽然政治上它被刻意地淡忘。GR是一名剑桥大学发展系的意大利博士生，他精通五门语言，2013年在开罗经历了塞西的政变以及800多名穆尔西的支持者的遇害。他曾于牛津分析公司任职，该公司由尼克松时期的国家安全委员会成员创办，成了日后GR“间谍身份”的疑点。2015

年，他返回开罗，展开街头商贩独立工会的研究，他开朗热情的性格魅力迅速在开罗的外国人群体中积累了名声。埃及抗议周年纪念时，开罗实行宵禁，GR 收到了左派朋友生日聚会的邀请，地点在解放广场附近。

我们得知的最后记录，是他在听酷玩乐队《心血来潮》[1]，于晚上七点时发出信息，说他要出门了。当晚他没有到达朋友的聚会，此后再无消息。一个月后，他的尸体在开罗至亚历山大港的高速公路旁被发现，半裸，肢体不全，血迹斑斑。已在开罗寻找 GR 的母亲，只能从鼻子指认出自己的儿子。据查，GR 死前经历了长期拷打折磨，他全身布满瘀伤和烟头烫伤，肩膀、腹部和腰部的多处骨头折断，每根手指折断，左耳被割下，背后多处刺伤，脑出血，致命伤是颈椎断裂。

埃及警方的调查进展缓慢，在询问过程中不断地打听 GR 的性取向，他们倾向认定这是一场情杀。意大利官方派出了调查团，虽然埃及高层承诺彻查真相，调查团仍然面对诸多阻碍，证人离奇消失或是供词过度一致，GR 公寓附近的监控录像被

[1] 酷玩乐队（Coldplay），20 世纪的流行乐队，现也作为古典摇滚乐迷的心头之爱。《心血来潮》（*A Rush of Blood to the Head*），应指他们的代表作之一。

莫名删除。此间，埃及警方在街头与黑帮交火，当场击毙五名黑帮分子，随后在黑帮窝点的搜查中发现了GR的护照和学生证。该黑帮被埃及警方定为针对外国人的绑架集团，五名被击毙的犯罪分子则是谋杀GR的真凶。然而，意大利调查团发现被击毙的黑帮头目在GR消失的当晚离开罗六十多英里。这一场欲盖弥彰的交火还是起了作用，意大利调查团离开开罗，调查陷入停滞，意大利驻埃及大使被调换，GR在开罗成了敏感词。

不久，埃及最高检察官公开承认情报机关对于GR的怀疑以及自己在此案件调查中受到的监控，矛头开始指向埃及国家情报机关，以及国家情报机关和军方情报机构之间的官僚竞争。抛尸在高速公路而不是无人之境的沙漠，含有刻意让人发现的意图。如果不是对某个情报机构的羞辱，那么也是对外国人发出的公开警报，警察军方的打压会不差别地涉及每个人。GR至少受到两个亲密朋友的背叛。一位是他田野调查中的核心对象，商贩工会领导人，曾为他介绍采访对象和当地情况，实为国家情报机构的线人，不断向埃及官方报告GR的行踪和近况。二是他的律师室友，一开始就怀疑他是不是间谍，并让情报机构搜查了他们的公寓，那时候的怀疑，还徘徊在他到底是英国、美国还是以色列的间谍，因为GR的留学背景，以及他说过的一句话："我有过一个以色列前女友，并去过那一次。"

GR的故乡，菲乌米切洛，三千人参加了他的葬礼。该事件发生一周年时，寻找真相的海报挂在意大利各地的市政厅前。与此同时，意大利作为埃及在欧盟最大贸易伙伴，埃及作为意大利的油气资源出口国，双方政府都试图修复受此意外影响的外交关系。不要让一场个人独立事件影响了两国的深远友谊，成了最新的口号。

6.2

（2073年4月，开罗）

战后埃及保持了对外国人的怀疑——如果不是充分的敌意。它有过不少昵称，比如“外国人墓地”“外国人黑洞”，这一定程度上，让人久违地感觉到，曾经那种作为异乡人跨越边境时的惊恐不安。当然，这其中也有误解和夸大的成分。埃及知识分子长期要摆脱外界的印象和划分，把这些刻画称作是新时代的“东方主义”：埃及又被所谓的国际社会塑造为危险和动荡的代名词。即便是反对刻板印象的知识分子，也不得不承认体制根深蒂固的问题，对稳定和安全的渴望仍然大于对社会管制放松的期盼。解放广场上立有穆巴拉克一世和二世的塑像，穆兄会仍是每隔几年兴盛一番，然后被打压到消失匿迹。战争中，军队和宗教力量达成的短暂共识不复存在。对不关心不介入政治的人来说，开罗仍是度假胜地，它的卫生状况和社会治安都比战前有了明显改善，古埃及、法蒂玛王朝和奥斯曼时期的遗址继续发掘，任何还对考古有浪漫想象的青年，以及想要婚嫁考古学家的单身人士，都把开罗定为他们的首选之地，所以，开罗咖啡店里总是挤满卖弄史料的失业学者，希望他们过时的知识能派上最后一点用场。

当我四处打听，寻找L在开罗的踪迹时，不免被认为是又一个卖弄故事的历史学者。档案馆工作人员的表情仿佛在说“你走错了地方”。我花了不少气力解释真实来意，说明调查一个战前外国人的记录应当没有什么政治敏感之处。当他们相信了我的言辞后，哂笑的神态立刻变得严肃和抗拒，他们认为我应该去内政情报局正式申请，得到有关大使馆同意，才能在不违宪的情况下调取任何有关L的记录。我明确知道这只是推诿的做法，“有关”的出现就是赤裸的敷衍，但还是抱着一丝侥幸，给两处机构发去申请。等待过程想必会很漫长，我便趁此机会，去完成我来埃及的第二件差事：探访特蕾莎的遗孀。我乘车从开罗前往亚历山大港，新能源高速铁路管道在以前高速公路的上方，从车窗望出，可以看到年久失修快要淹没在沙尘中的公路，它如今被徒步者和复古摩托车俱乐部视作经典路线。我从苏珊那里得知了不幸的消息：特蕾莎在战争结束时去世了。她受尽了目睹战争的折磨，忍受到终结的那一刻时撒手人寰。她生前是位令人尊重的教育家和人道主义者，在荷兰的国际教育志愿机构工作了三十七年，而在中亚和东南亚开展的反欺凌教育、欧洲开展的宗教宽容教育、防治心理疾病的青年艺术教育，都被收入了教育界的非物质遗产名录。她拒绝了所有采访和纪录片拍摄的要求，现存照片多是她在机构的官方标准照。她在镜头中出现过一次，是在苏珊的片子里主持机器人的婚礼。她的笑容含蓄明媚，让人过目不忘，一群人闹起来的时候，她总是躲闪到了一旁，露出淡淡的关怀的微笑，从不参与到其中。她的金发在去世当日仍然耀眼夺目，甚至细心的人发现，头发在死后继续增长。数个宗教机构希望追认她圣人名头，但她的遗愿是不接受任何个人荣誉，不管生前或死后。这没有阻止普通民众对她的推崇，她未能以教育停止战争的遗憾至今持续鼓励后代的教育者们。

她的晚年在照顾精神病患者的特殊教育学校度过，如今我们已经不把疯癫作为需要单独隔离生活的理由，这在当时仍是普遍实践。她长期照料的失语症患者在数年之后终于能说出第一句完整的话，看着电子屏幕，缓慢地读出插播新闻："战争开始了。"特蕾莎便是这样知道了战争的开始。她面不改色地对患者说："很好，很高兴看到你的进步。"这个细节是她的遗孀告诉我的，我们坐在面向大海的窗前，红黄相间的花丛点缀，白帆点点，春意盎然。她递给我特蕾莎写给她的信，牛津期间明信片居多，她说，你可以看看，有没有能帮上你的。我便在窗前和海风里整理起一封封的卡片，其中夹了一张当时的宿舍合影，我将这张珍贵的照片放在书的开头，把涉及L的明信片内容存档。向读者公布这些内容之前，我还得说说我之后在埃及的遭遇。

搜查队在午夜时分敲响房门，他们在我面前读了一张针对颠覆历史和违宪行为的搜查令。我只得站着，眼看着他们将屋内的东西翻个底朝天，一页页翻过L的手记，但动作如此之快，以致我怀疑他们是否真正读了上面的话，动作表达的权力意味似乎更为重要。无论如何，他们停了下来，打量着我，一位警察拿出合影的照片，看了一眼墙上特蕾莎的照片，说，又是这个神经质的巫婆。我说，你应该收回这句话。他说，我没有跟你在讲话。我说，但是我可是对你在讲。之后的情节，我记忆上有些模糊，事后看了录像，仍然不太清楚是谁先动手的。总之，我和这位警察发生了肢体摩擦，进了看守所，惩罚是禁止两周内的数字交流，意味着我不能上网，不能电话，哪也去不了。这样的处罚还是因大使馆介入而从轻发落，使馆人员对我说，以后，再不要做什么危害两国友谊的事了。我说，我见教育家的遗孀，怎么危害两国友谊了，谁知道我打的警察是个真人还是仿生人。他说，问题是你要打听的人，是一个不折不扣的真人。他不愿多说。之后，我在咖啡厅遇到一位研究“阿拉伯之冬”[1]的业余历史学家，

[1] “阿拉伯之冬”，是指原被称作“阿拉伯之春”的2010年阿拉伯世界的颜色革命，后因恶化的局势，引起宗派纷争，导致欧洲的难民危机，被改名为“阿拉伯之冬”。

他说到战前埃及政府的一次重大危机，起因是档案的失窃，说是失窃，事实是疏于管理，一名神秘的中国商人，从低收入的档案工作人员那里买走了大批档案，其中涉及失踪、绑架和谋杀案件，后来这些资料构成了对政府的全面指控，那段历史也得名“肮脏的革命”，埃及官方自然抹去了这一事件的记录，而这件事的始作俑者的代称是“来自牛津的中国间谍”。

以下是特蕾莎的明信片和信。

6.3

（2014—2028）

Y：英国天气和大家说的一样。我今天入住了，把房间收拾好了。宿舍里的男人们很吵，从第一天就开始喝酒。什么地方的人都有，中国，墨西哥，印度，加纳，所有地方。我希望你一切都好。想你，T。

Y：今天真有人拿我的名字开玩笑，我有没有跟你说过，L，他喝酒和清醒时判若两人。他和我一样，喝了酒就脸红。开学典礼不错，我想我会渐渐适应这儿。想你，T。

Y：学校有易装舞会，我讨厌这些拿性少数名头举行的狂欢，只是同样一群想喝烂酒和上床的直男们。我们常去L那里看电影，他还有一个唱片机。我觉得你应该想认识他这样的人。想你，T。

Y：黑狗离我越来越近，有时候就在房间的角落里，蹲着看我。我想我又复发了。最近做什么都没什么劲头，为什么所有人都觉得喝了酒就会好一些呢，我真是烦他们所有人。爱德华常找我聊天，都是深更半夜。L不会安慰人，他对我说，你应该高兴一点。我想着要去看你，我会高兴一点。爱你，T。

Y：我在茶室给你写卡片，L组织晚上的集体写作，他们都有作品要写，我好羡慕，我只是觉得，这比我待在房间里要好。为什么他们都特别孩子气，非要闹起来才觉得接近了彼此，而恬静安宁的状态对我来说更是来之不易。想你，T。

Y：这房子里的人多少都有心理问题，这是不是牛津学生的特质，把自己逼到绝境，拒不承认软弱和无力。每个人都脆弱，紧绷，神经衰弱。他们来找我，我又能做什么，我不是能照顾别人的人。爱你，T。

Y：我想L跟我表白了，这是今年的第五个人。我发觉凡是你在牛津多照顾一下别人，他们都会跟你表白。L有表达困难，我觉得。等我们见面了我跟你说这事。想你，T。

Y：我想L是和苏珊在一起了，他们俩基本都住一块了。没人知道这是怎么回事。大家在厨房里讨论，但没人有确切消息，我知道，假期回来很多人都分手了。你不能来牛津一次吗，爱你，T。

Y：为什么一间小房子里能藏这么多的秘密。我最近有些怀念在加蓬的日子，我听说父亲要搬去非洲工作，我想要不要和他一起过去。我得自己静静，现在完全没法和人打交道。你听说那个意大利人的事了吧，L 认识他，但什么也没说。

Dear Y：意大利人的事对大家的冲击很大，现在还是讨论不绝。你们那边有谈到吗。亚历山大发了一顿激怒大家的话，我怀疑他这么做是故意的。他说，我们误以为像自己一样的人会越来越多，其实只会是越来越少，流动不会引来更美好的世界，19 世纪的全球流动不过造就了两场大战。人们不会因为更加贴近而理解彼此，而因为距离缩短，目睹了对方最为可怕和厌恶的一面，必然激起反应，他说这是历史事实。他还说，我们这一代人现在享受全球的流动，而总有一天会因此感到羞耻，因为本土的身份已经被流动污染了，一旦危险到来的时候，要费大的气力才能证明自己的无辜，意大利人的遇难是一桩事先的预警，我们可能会随时随地落入那样的田地。苏珊说亚历山大应该感到羞耻的事情可不是在未来的。他们又吵来吵去了。

Y：你真的不能来吗。我待不下去了，多一秒也不行。我们学的这些教育方法，全都是些纸上谈兵的东西，我觉得教育系的教学都让我们怀疑自己的专业，以后还怎么去教别人。宿舍里的男生们又开始日夜酗酒，他们总有可以吵来吵去的话题。想你，T。

Y：圣三一学期开始，我想着牛津日子快结束了，有些伤感，我想我习惯他们来找我倾诉的时候，我可以没顾忌地在任何时候敲他们的房门，甚至对于吵闹声都有些怀念。我为了多见他们，去参加了几次酒局，L很高兴看到我，他深深地抱了一下我。

Y：我真不想去参加毕业舞会，好像是自己宣称一种终结，我怕会哭得稀里哗啦。我在树上发现了L，他正在和马可聊天，我觉得他们俩都嗨了，他们跳舞比开学时好了很多。那感觉是好遥远的事情了。盼见，T。

Y：这次回牛津已经离毕业一年多了，我们去L的新家聚会。我去不了他的婚礼了。他说如果我去非洲，他会来找我的，如果是欧洲就算了，因为欧洲是一片无聊的大陆，我不知道他是不是在开玩笑。想你，T。

Y：能找到的明信片越来越少，再这样我又要开始自己做卡片了。你知道吗，前几天，我收到了L从哥伦比亚寄来的明信片，一个不小的惊喜，我没想到他离开了英国，在拉美公路游。我给他寄去了我项目的介绍。想你，T。

Y：等空下来我给你一封长信说这事，简要地说，我在塔什干碰见了L，我们去喝了一杯，度过了一个完美的周末，他让我意识到，我现在和牛津时的状态已经完全不同了。突然很庆幸，你一直都在。

Dear Y：总算找到时间，我可以再说说和L的见面。我们都是在塔什干短期出差。他神采奕奕，连续几日的演讲也没有疲态。我们饭后围着友谊广场散步，他提起1958年塔什干的亚非作家会议。我问他，你还在写作吗。他说，不再写文学了，现实要魔幻得多，落笔时，无法捕捉偶然性的震颤。他说了一句话，我记忆犹新，“以肉身介入世界”。这句话似乎也诠释了我在教育领域的执念。过去我总把对网络教学的抵触作为顽固不化的表现，但现在我更确信肉身碰撞的必要，否则我们永远无法学会和他者相处。肉身是消除不良想象的途径。教育是一个借口，是人际互动的借口，互动的地方不需要在教室或是约定空间，教育最重要的是创造相遇的可能。这样说，它和社交媒体的作用没什么不同，但它保留的就是肉身相遇的机会。我不认为那些网络表达是更接近“自我”的表达。如果真的见面，当然我们有些话不会说，但不代表压抑了自我，而是说我们考虑到了别人，这不是愧疚不安的地方，恰恰是人性柔软的成分。要是我们记得这些柔软，不认为有害臊的地方，怕也没那么多冲突。对了，这个问题，我和L谈了许久。我们都觉得战争越来越近了，不是特别人士的鼓吹或是结构性的利益，是人们颠覆秩序的欲望和冲动。我们对这种欲望无能为力，这是我悲观的原因。他的判断和我一样，只是个人化的反应和纠结不同。他认为还有扭转潮流的可能，但是，这样扭转潮流的努力，归根到底也是少数人的世界观。他说，在世界范围里推行我们认为的进步意识和制度，想要去代表和教育别人，揭露和抗争，或许本身就是冲突根源。我们认为他人观点能被说服、改造、动员，这就是危险的，每位独裁者都认为他们代表的是先进方向。他问我，如果你教育过的人选择了战争，你会怎么想。这说到了我无法回答的问题。我意识到，多元和包容教育没有办法根本性地决定个人选择，只能营造集体意识，让我们认为恶劣的个人选择得不到群体的回应，因此成为少数。换言之，总有他者被排除在外。这是我一直怀有愧疚的原因。排挤、隔离、孤立似乎是不可避免。我在牛津的困境，是所有人把我当倾诉对象，情感回收站，越是这样，我越是感觉到要维持自己处之泰然的角色。要是我把人拒之门外，就又会因为自私心产生愧疚。我没有办法选择放纵，放纵身体，放纵情绪。我以为这样的持续压抑导致精神衰败，现在看来，这反而是我个人力量的源头，让我当时能坚持下去。对别人无差别地缓慢释放善意与理解，让我精力充沛，怀着能做点什么的希望，自我和他人的边界也模糊了，自私自利或是外界形象的问题，自然也不存在了。无私和自私的概念，不还是建立在界限清晰的个体标准之上的吗？非要回到那种界限的时候，我才会真正地走向衰败和萎靡不振。这封信一不小心写得很长，我担心你能不能收到，复印了一份，要是你没收到，我就邮件发过来。我们在广场聊到深夜，第二天 L 来我在的学校，做了一回客座老师，学生喜欢逗他。我觉得我们都有了自己的路。顺便附上我们在友谊广场拍的照片，你可以看看他现在的样子。爱你，T。(照片遗失。)

Y：世界局势稳定下来，所幸我和 L 的预言都没成真，太好了。你还记得我爸生前总说，中国人和德国人有相似之处，实用主义，先预想着要出问题，往坏处想。我真高兴这是我们杞人忧天。想你，T。

Y：我最近又收到了几张L寄来的卡片，他的足迹在几大洲来回，我调侃他说，你可别再晕倒在讲台上。他说，现在可估计没人给他泡热茶了。我真不晓得他从哪里弄来这些卡片，或许是旧货市场，我们还说为了保护环境，要不要转成线上留言。他说，坚持到邮政倒闭的那一天。T。

Y：北非的项目就快收尾了，老师的培训结束了，我应该还要两周就能回来。L说他近期可能过埃及，我们在看能不能赶上见一面。想你，T。

Y：他留胡子了！我说，你快到四十岁的时候总算长出了胡子。他看上去沧桑了，但说话还是那么回事。我觉得他比以前更爱笑了，我也更爱笑了。我们在开罗的咖啡厅笑了一个下午。然后他说，我们站起来走走，甩掉“尾巴”。他来埃及恐怕有要事办，时间很紧，分别也匆忙。我再约他出来的时候，很久没收到回复。他向我借了一笔钱，我把你的银行信息留给他作为还款处。款项不大，但是他从来没借过钱，而且我向来不觉得他是会把自己陷入财政困境的人。T。（遗孀说，钱款和利息在开战前一天打到她的账户，没有留言。）

Y：我太喜欢亚历山大港了，我们以后应该搬到这里来。如果有时间，我真想从这坐船去希腊。前几天的事情我们电话说过了，我还是惊魂未定。警察半夜来敲门，也不知道是不是真的警察，他们把L称作“中国间谍”，要我配合调查，还威胁要停掉我的项目。教育部说不用搭理这样的威胁，我先到海边来休息一阵。

Y：我想起来，L从开罗走时我们最后的见面，讨论个人选择。他说，选择一条抗争的道路到底值得吗，怎么能确定不是我们的自恋，说不定安稳局面的破坏正是因为个人英雄情结。他很是认真，我记不起来我是怎么回应的了。这样说来，他会不会真的在从事什么不可告人的活动。我想是我借的那一笔钱惹出了麻烦。想你，T。

Y：我到希腊了，准备海边再待一周，你要是不忙，也过来吧。你和我都应休息一阵。埃及档案泄露事件后，政局又不稳了，短时间内回不去。对了，现在跟你讲一个细节应该是安全的，在埃及电话和邮件我都信不过。L从埃及回了亚洲。道别那天晚上，邮政就要倒闭，我们心血来潮，说一起往牛津寄张卡片。我们把卡片丢进路边陈旧的绿色邮筒，那一刻，我想起来许多牛津往事，我想起爱德华的笑声，娜塔莎的香料盘，亚历山大的胡子，马可稀疏的头顶，苏珊糟糕的厨艺，要是能再让我回去一年，我应该会快乐许多。那时候忽视了一个小共同体的形成，往后的教育实践里，我总想去重新建立这样的集体。课上的东西我大多不记得了，但现在仍然时不时想起厨房的辩论，比教科书上的话记得牢，越是到现在，这些记忆越是清晰地浮现，潜移默化的影响恐怕会延续到我生命的最后。奇怪呐，当初怎么会预料到它的影响，好像只是数着日子过。我想十几年后看现在，会不会也一样，还是说，再不会有奠基性的时间出现了。所以我想把我的精力转移到早年教育上，在关键的阶段施加影响，这会不会是L说的精英的自负。要是我和他一样左顾右盼，恐怕早就停下行动。他看上去不会真的因为那些口中的困扰停下来。正是他的犹豫，才不断驱使他在行动中寻找精确的答案。他永远不会满意的，我觉得他也明白这一点，无论做了什么还是会遇上自我否认。有趣的是，他怎么把看似消极的自我否认转化为行动原力，因为我们在教育常规里是要消解自我否认。你在他身上看到痛苦，但好像是一种健康的痛苦。我这样说，他恐怕不同意，人们多希望自己是没有疑虑和说一不二的呢。他把明信片投进去后，我问他，你写的是什么。他说，我们回去了，一切都会不同的。

>>>

7
我的甜李子
My Sweet Plum
（2015 年 5 月）

7.1
（2074 年 7 月）

7.2
（2074 年 7 月 7 日，丹老群岛）

7.3
（2074 年 10 月 18 日）

7

我的甜李子

My Sweet Plum

（2015 年 5 月）

亚历山大决定剃胡子的那天，我们都聚在马可房间闲聊。马可和罗拉一对鸳鸯形影不离。亚历山大冲了进来，像跑过一个马拉松，手上拿剃刀说，我要把胡子剃了。我和马可没什么反应。罗拉说，你还是不要剃了好。亚历山大把折叠的剃刀打开，拧开热水，沾湿胡须，开始往上面抹泡沫。罗拉说，这场景令人心痛，我们是没法习惯的。亚历山大顺着两鬓往下刮，沙沙的摩擦声，剃刀积了白沫。他放到热水下冲，冲到白沫殆尽，水槽边磕两下，砰砰，然后继续刮，双鬓到唇边，下巴。罗拉一直看着他，亚历山大一直看着镜子里的他自己。我和马可喝威士忌。他刮完了，把剃刀洗净，胡须碎末冲干净，捧水冲脸，然后拿马可的毛巾，把脸上的水擦干净。他比我想象的白，皮肤也因热水和剃须的缘故泛红。我和马可说，你看上去就是个小白脸。亚历山大说，我他妈的才不管你们怎么想，来，给我一个杯子。马可说，不，杯子只给有胡子的男人。亚历山大说，那我们的中国朋友怎么混了半年多的酒。马可看看我，无可奈何地把杯子递过去。

我们谈到房子里弥漫的诡异气氛，娜塔莎不和爱德华说话了，爱德华认为所有人都针对他，总有谁在和谁闹着别扭。亚历山大和爱德华也不说话了，我们问是怎么回事，亚历山大说，不知道他怎么想的，可能是道德上对我有意见。我和马可说，那就不出奇了，道德对你来说，本来就形同虚设。亚历山大说，道德讨论太无聊了，我们做了自己的选择，社会评价是另一回事嘛。马可说，道德依据，不是什么社会评价，是我们内心也知道，这件事符不符合基本的价值观。亚历山大说，你这个康德主义者说的价值观又是什么呢[1]，不也是要服从群体想象的好坏之分。马可说，伤害一个人时，我们明白无误地知道行为的后果，只是我们是否愿意承认。亚历山大说，你看，承认，是对着谁呢，不又是回到了向周围的群体低头。马可说，你为什么觉得承认是一种屈服呢。亚历山大说，马可，你真是我们的道德标杆。我

---

[1] 伊曼努尔·康德（Immanuel Kant，1724—1804）是德意志哲学家，其思想在当时的人文社科教育中被普遍谈及。

说，道德有没有价值是一回事，但因为道德分歧，非要做出非黑即白的判断和站队，是激起我内心反感的价值观。亚历山大说，那我们就达成共识了，马可是道德主义者，我是不道德的，而你是反道德的。

我们栽入这样的讨论，像是误入泥沙沼泽，越陷越深。这时我分了心，不是因为讨论主题，是我突然意识到，这样的时刻在两个月后将不复存在，至少，不会像现在随时随地。我们三人的讨论有了明显可循的框架，连罗拉都能总结得一清二楚：亚历山大一定是那个挑拨者，马可是日常价值的捍卫者，而我在两者之间，拒绝下判断。经历了无数次这样的场面，我甚至可以预见，下一刻的对话和肢体语言。套路和窠臼成了不久后就要终结的日常时，我开始怀念这样的场面。怀念当下，早知早觉，提前回忆，因为还没过去的时间心生伤感。这将会是数年之后我在北京或上海的办公室看着雨中深夜时想起来的。可我要怎么和他们表述这样的感受。

你还在听吗，亚历山大拍拍我的肩说，我们应该这周五去伦敦一趟。我说，为什么这周五。他说，因为我要去伦敦办事，你和马可都没有课，等我早上办完事，我们可以在伦敦放肆一天。马可说，现在这个时节，伦敦一定会有什么活动。亚历山大说，这样，我们中午去中国城吃饭。我说，不要，没什么好吃的。亚历山大说，你别给我来什么在国外的都不是正宗中餐的那一套，我是墨西哥人，要是挑三拣四，也可以说同样的话。我们要去那一家社会主义饭馆。马可说，对对，那一家社会主义的。我说，什么社会主义餐馆，你们哪来的奇怪想象，感觉要去中国城找鸦片馆一样[1]。亚历山大说，不是有一家装修成社会主义风格的吗。我说，哦哦，你们说的是“人民公社”[2]。亚历山大说，对，这还不够社会主义吗。我说，那里的服务很差。他说，没人期待在人民公社能有资本主义的服务和压迫。

到伦敦的这一天很热，报上说，可能是破纪录的高温。伦敦人好像也不上班，全在街上，公园人山人海，没穿什么衣服的样子。到处都在反光，高楼玻璃墙，公交车窗户，路面，自行车灯，骑车人头盔，手机屏幕，露出来的白花花的大腿和胳膊，晃得人睁不开眼睛，盲目的日光。马可背了登山包，我说，你要把帐篷也带上吗。马可说，碰到好酒，可以多买几瓶回来。他每走一段就要停下来，把背包从后面卸到前面，放在地上，然后伸手进去捞出防晒霜，把脸蛋和胳膊涂上厚厚一层，胡子上也油乎乎的。我说，我一直能闻到防晒霜的味道。他说，抱歉，英国人献丑了。

他妈的真热，亚历山大走进餐馆说，把外套脱下来，挂在椅子后面。我用中文招呼服务员，没反应。他们用英

[1] 鸦片馆在19世纪流行于英美国家的中国城中，也成为当时的西方对于中国社会的刻板印象。这种印象在20世纪下半叶中国严厉的禁毒措施后已经不复存在，反倒是在欧美国家的大麻合法化之地出现的吸食场所成为反向的刻板印象。

[2] 伦敦人民公社（Baozi Inn），伦敦中国城餐馆，后成为中餐连锁店。

文，也没反应。亚历山大说，要像在拉美一样吸引他们注意。我说，你可别吹口哨。亚历山大说，我去前台借手机充电器，顺便点菜。过了没两分钟，他回来了，说，我看见充电器就在面前呢，他们拒绝了我，不过菜点好了，按你的推荐。我们忘了点酒，最后，我不得不喊出声，服务员说，你等等，我马上过来。亚历山大大笑地说，人民当家做主，你以为你是顾客了不起。马可说，的确没见过这样的服务。我说，你这样说，让我觉得该让你受白眼。马可说，还是别催了，我不想让他们给我们的菜做手脚。我说，你想多了，他们根本没把我们放在心上。上来三瓶青岛[1]，解了渴。亚历山大说，真他妈的热。马可说，有点反常了。亚历山大说，你们知道啤酒的第一大出口国吗。我说，德国。马可说，不对，德国国内消费太多了，应该是荷兰。亚历山大说，哈哈，是墨西哥。我们说，别扯了。他说，真的，你们这群无知的人。我说，你们觉得这啤酒好喝么。马可说，清爽。亚历山大说，他是想说太淡了，和水一样。马可说，我还是喜欢艾尔和世涛多一点。亚历山大说，他还是想说太淡了。

菜上来了，亚历山大说，我觉得还可以要点辣椒，哦不，我觉得够辣了，马可肯定吃不下去。马可拿起筷子，沾了红油，津津有味地嚼起来，说，你是假墨西哥人吗。我和

[1] “青岛”指的是创建于 1903 年中国青岛的啤酒品牌，后成为中国最为畅销的出口啤酒。

亚历山大都惊讶地张开嘴。马可脸蛋涨红，嘴唇也红了，但没停，他立起身子，口里吹吹气，发出“嚯嚯”的声音。我们说，哈哈，他说嚯了。亚历山大模仿地发出嚯嚯，他失去胡子的脸也变得通红，他舀了一勺辣子，放在碗里，然后对马可说，这怎么样。马可舀了更大的一勺。我说，行了行了，别在这里丢人现眼。亚历山大说，你呢，你还是中国人吗，你还是人民吗。我也烦了，舀了一勺。那瓶辣子基本见底了。我们三个人盯着对方，同时把辣子放嘴里，然后努力地面不改色地嚼起来，嚯嚯，嚯嚯，饭桌上响起此起彼伏的嚯嚯，服务员也过来了，问道，你们还好么。亚历山大红着脸，勉强挤出来一句，一切都好，谢谢你的服务。

马可带我们到詹姆斯·福克斯[1]，店员为我和亚历山大选了高希霸的两只，马可说，给我帕特加斯，马杜罗，切好，我们去楼上[2]。马可指转角处的椅子说，这是丘吉尔的椅子。扶手磨得光滑，皮革褶皱，靠背和底垫凹进去。亚历山大说，可见他晚年的体重。马可说，据说，他抽雪茄只抽前面三分之二，后面就随手丢了，园丁捡去抽剩下的。我们到了二楼，座椅风格没变化，烟雾缭绕，我们点了三杯咖啡。我说，看来传说是真的。马可说，什么。我说，穿萨

[1] 詹姆斯·福克斯（James Fox），英国雪茄店，1881 年在都柏林创立，1947 年在伦敦开店。

[2] 高希霸、帕特加斯、马杜罗猜测是当时的雪茄品牌，因为战时的禁烟运动被销毁，现已没有详细的可查资料。

维尔，读金融时报，抽社会主义雪茄。我用头指指窗边老头子。亚历山大说，别忘了丘吉尔也是发表铁幕演讲后[1]，致信到这儿，感谢走私得来的古巴雪茄。我们把雪茄缓缓点燃，一圈赤红出现，每口呼吸，颜色更是鲜明。一对情侣坐我们对面，取出寄存的雪茄，男人递给女人一支，他们各自点上。今天真热呐，男人说。我不知道是不是与我们寒暄。亚历山大说，天气强制给人放假。女人说，真是这样。她穿黑色西服套装。男人说，那不是威斯敏斯特的人吗。他没有转过头，示意他背后坐的人。女人说，你永远不知道在这能碰上谁。男人问亚历山大，不知阁下们是做什么的。亚历山大说，我们都是学生。男人说，学生？亚历山大说，没错。女人说，那你们的好习惯养成得真早。

我们在想要不要讨论点政治或学术的话题，上一次的议会辩论或者保罗·科利尔[2]，但没说上几句就失了兴趣。马可说，亚历山大，吹点烟圈。亚历山大用大拇指和食指衔住他的高希霸，慢慢吸气，嘴唇雪茄之间空气的细微流动，滋滋地响，火星从灰烬中走出来，强烈，明亮，烙铁一样，

[1] 铁幕演说是 1946 年英国前首相温斯顿·丘吉尔（Winston Churchill，1874—1965）在美国富尔顿城威斯敏斯特学院发表的反对共产主义的演说，里面以“铁幕”一词形容苏联和东欧社会主义国家，被认为是美国与苏联冷战的序幕。我在序言里提及冷战一词的不准确性，相信这一历史时段的分类马上就会迎来修正，即便丘吉尔的守旧和毫不修饰的殖民主义气息，他在当时的英国乃至世界范围中仍然拥有相当数量的支持者和模仿者，这也是 20 世纪中常把战时领袖作为长期政治偶像习俗的体现之一。

[2] 保罗·科利尔（Paul Collier，1949—2048），当时流行的英国发展经济学家。

赤裸鲜红。他把烟气嚼在嘴里，品了几口，嘴唇变圆，吹口哨一样，完整的烟圈，压着拍子，排着队，腾跃半空。他露出得意表情，把雪茄放下，头还半抬着，像是找烟圈的空中留痕。我试了一下，烟圈出口的一刻垮掉了。他们笑起来。窗边老头忽然站起，折起《金融时报》，清脆干响，他把报纸放在牛革公文包，经过我们时，丢下一句"孩子气"，怒冲冲地下楼梯。

我们离开时，把雪茄头剪下，未抽完的放进袋子，我们把它们塞到马可背包。我晕乎乎地迈出门。马可笑着说，你经受不住了。我说，像风筝一样地飘。亚历山大说，你太弱了。他脚下没站稳，一只脚落在自行车道，骑车的人紧急转弯避开他，转头骂道，傻逼，你看路吗。亚历山大说，伦敦骑自行车的人总是这么粗鲁。马可说，他们就是黑帮，在伦敦骑自行车的就是黑帮。亚历山大说，为什么不去骂公交车呢。我说，我们为什么不去吃点东西。他们说，你太弱了，我们去吃烤肉。我说，我们之后要去北伦敦，对吧？对吧！马可说，东北。我说，那我知道我们该去哪了，先坐维多利亚线，再转一路公交。

阿齐兹耶清真寺[1]跟我记忆里的一个样子，奥斯曼风格，湛蓝砖。我说，每一次见它，都是一见钟情。亚历山大

[1] 阿齐兹耶清真寺（Aziziye Mosque），位于伦敦市斯托克纽因顿（Stoke Newington）的清真寺，由英国土耳其伊斯兰协会在 1983 年开办，可容纳 2 000 人。建筑原是 1913 年开业的阿波罗电影院，20 世纪 70 到 80 年代主要播放功夫片和软调色情片。

说，你带我们来斯托基的地界[1]。我说，你跟着我走。亚历山大说，我们都不是信徒，这样走进去不太好。我说，你跟着我走就好。清真寺侧面，对外营业的餐厅。我说，这是全伦敦，土耳其烤肉最正宗的地方。餐厅挂着电视，左边长桌拼在一起，坐了十来位，清一色的男性，老板引我们到右边隔间。我们脱了鞋进去，盘腿坐在沙发上，服务生过来说，需要解释一下菜单吗。我说，恐怕要。我们点了茶和烤肉，亚历山大卷烤肉的手法像是在卷塔克。马可说，你怎么发现这个地方的。亚历山大说，一定是某个阅历丰富的女人带他来的。我口里塞满肉，没有回答。亚历山大说，你现在到底是什么情况。我说，你问马可吗，他不是和罗拉在一起。马可说，我们都知道不是在问我。我说，你觉得呢，嗨，羊肉沙威玛再加一份。我对老板招招手。亚历山大说，你又没有道德感，还有什么犹豫的地方呢。我说，我和苏珊真没什么，如果你是问这个。亚历山大说，她喜欢你。我们都抬起头，看着马可。马可说，你们看我干吗。我说，你觉得呢。马可说，我觉得什么都有可能。亚历山大说，你应该好好处理这件事。马可说，对，房子里的事已经够乱七八糟了。亚历山大说，你们有没有发现现在厨房里永远都是乱的。我说，我都不想下去做饭了。马可说，娜塔莎跟我讲，有一天，清洁员进去后拒绝打扫，直接通报宿管了。亚历山大

[1] 斯托基，斯托克纽因顿居民给本区的昵称。

说，为什么娜塔莎什么事情都知道。我说，因为她不像你是一个无道德的人。亚历山大说，举头三尺有神明，我现在说话可要小心。饭菜便宜，亚历山大说，我一个人买单了，你们待会请我喝酒就行。

我们决定走到啤酒节的地方，一个小时，权当消化。

还没到开门时间，门口排上了队，场所是平日里区议会的办公大楼，红砖墙，高吊顶，像是废旧的火车站——后来我发现它还真是维多利亚时期的老火车站。太阳快下山了，玻璃窗成了橘红色，再撑一阵就要消失融化。下班赶过来的人，接连不断地加入队伍，添补日光退去的亏缺，光少一寸，队伍就多出去一米。队伍里穿什么的都有，羽绒服，线织帽子，围巾，长衬衣，西服，短袖，短裤，背心，吊带。没法以衣着来辨别我们所处的季节。什么头发颜色的都有，什么肤色的都有，连观察各式各样的文身，也可以花好一阵子。这样排队的场景，通常让我想起剧院开场前，或是黑色星期五前的卖场[1]，今天，像是一群要去应征人类陈列馆模特的候选人，我们就差胸前配参赛号码了。卖票的来了，我以为是盖章或是手环，她接过硬币，给我们三张纸票，背面光滑滑的，可以揭下来贴着。人们选择千奇百怪，

[1] 黑色星期五（Black Friday）是美国感恩节之后的星期五，被发展为商家进行集中优惠活动的日期，后逐渐被双十一节所取代，被视作消费主义节日性的巅峰。当时普遍将消费的兴旺作为经济活动繁荣的衡量标准。抗议消费主义者也把这样的日期作为“不消费日”。详细可见《论消费的神化以及狂欢节的崛起与衰落》一书。

有人把它当作票据放在口袋，有人把它贴在脑门上或是脸上，像徽章贴在肩膀上，穿吊带的没有口袋，把它贴在大腿的文身边上。你不要盯着别人看，亚历山大说。我说，你看看，黄昏里往文身上贴纸，着实很性感。他们望过去。那女孩的头发是蓝色，戴着耳鼻钉，短裤吊带，从她的右腿脚踝开始，线状图案，越往大腿，图形愈复杂，线条交汇叠加，像李·克拉斯纳的画[1]，上身，手臂是彩色的狮子要跳出花丛，背后脊骨有一条线状的文身，看不见终端，只能留给人想象的余地，衣服之下全身完整的图案。马可羞涩地笑了。亚历山大对我说，你是对的，妈的。女孩发现了我们的目光，她调侃地向这里眨眨眼，我们三个立刻拿手拍拍胸，拿手在脸边扇扇风，假装呼吸加速的样子。我的心跳是真的加快了。

我们从哪里喝起，我问。大厅挤满了人，我们头顶冒出汗。马可说，这样，我们先来淡艾尔打底，然后，来小麦白啤，差不多了，就进入波特，牛奶巧克力世涛，麦片和牡蛎黑啤，最后以帝国世涛收尾。我们进入波特的时候顺序就全乱了，马可说，那个白啤，劲比想象的大，亚历山大呢，他是不是又跑去拽着哪个女人聊天了。亚历山大在远处朝我们招手，他周围三个老男人，戴报童帽，穿粗花呢外套，满

[1] 李·克拉斯纳（Lee Krasner，1908—1984），20 世纪美国画家，曾因丈夫杰克逊·波洛克，艺术地位未得到同等的重视，这一偏见如今已被纠正。

脸红光，嘴里嘟囔的话我听不懂，他们讨论政治的时候，我总算是懂了，巫婆撒切尔，骗子布莱尔，三个人都是工会老成员，胸前贴着入场券和T&G的徽章[1]，他们说，现在的年轻人太没意思了，工党的孩子也要去银行上班，你们现在为什么要这些，条件不已经比我们当时好多了吗。我说，你们当时一个人工作，可以养活一家，供起房子，现在的工人，拼死拼活也做不到。他们说，你们只想得到，没想过要争取，这些东西是斗争来的。我说，您说得对，不是每个人都愿意付出争取的代价，现在，我们没法强迫他们。他们说，不是强迫，你要说服，你们都是一条绳子上的。我说，没有什么人是一条绳子上的，连夫妻都不一定是一张床上的。哈哈哈，我们一起笑起来。亚历山大说，你是我见过的最英国的中国人。我说，这是我听到最羞辱的话了。亚历山大说，因为你满身都是愤世嫉俗的味道。我说，我们可以交流的时候，你惶恐了，赶紧把他者变成自己人才行。马可说，我们还差帝国世涛，我们还差帝国世涛。他踮起脚，像芭蕾舞者穿过人群，朝世涛的铺子去了，我不知道他是真醉了还是故意作怪。

我对亚历山大说，你交往过真正的他者吗。他说，我在墨西哥和中国女孩有过一段，她每次晚上都会跟我说，

[1] T&G，Transport and General Workers' Union，成立于1922年的运输和普通工人联合会，一度是英国乃至世界最大的工会组织。提及的撒切尔和布莱尔皆为英国20世纪的政治人物。

Goodnight, My Sweet Plum。我说，我从来没听过这个说法。他说，用中文怎么说。我说，晚安，我的……甜李子？他尝试说，甜……李……子。我说，对。马可回来了，他手上端着三杯黑洞洞的啤酒，白沫撒了一手，我们接过来，用嘴吸杯沿的泡沫，然后，我们对马可说，晚安，我的甜李子。马可像是听懂一样，没问是什么意思，他说，我们可以把这三个杯子保留下来，五镑一个。我们说，好。他的登山包派上了用场，我们把啤酒杯和买的散装啤酒都扔进去。

快十一点，我们奔往火车站。我说，我们肯定赶不上了，坐午夜巴士吧。马可在最前面，说，一定赶得上，快，跑起来，像论文的死期追赶你的时候。到帕丁顿，还有三分钟车就开了，亚历山大准备买票，马可说，没时间了，我们跳过闸机，说完，他背着包翻过去，轻松落地，朝着四站台跑去，亚历山大没把自己撑起来，他笨手笨脚地爬过去，我俩过去的时候，检票员发现了我们，他说，嘿，嘿，你们在干吗。亚历山大差点因此停下脚步，我说，你干什么！拔腿往马可方向跑，他才又动了脚步。我们气喘吁吁地上了火车，透过玻璃看检票员有没有追来。马可把背包卸在地上。火车里挤满了人，醉醺醺的不在少数，经过一日高温，伴着酒味，窗户开不了，车厢又臭又闷。亚历山大说，妈的，跟墨西哥城的地铁一样。我说，我算是明白了鱼罐头的比喻。马可说，我们比死鱼还令人讨厌。亚历山大说，这像不像是战争中满载士兵的列车，开往前线。马可说，更像满车伤员和创伤应激障碍者，吃了败仗，被送回老家。亚历山大说，我们不是还有酒吗。我们又开了三罐酒。亚历山大说，妈的，幸好英国的火车允许喝酒。马可说，敬失败的战争。亚历山大说，无聊的战争，战争都他妈的无聊至死。我说，干了这一杯，我们都可以回家了。我坐在地上，靠着椅子的扶手，睡着了，直到马可把我推醒，说，到家了。

骑车回到学院，午夜的凉风吹醒了我，我没回我的房间，噌噌地跑上三楼，推门找苏珊。我说，我今晚要留在这里。苏珊看着我，扬起眉毛和微笑，说，真不凑巧，今晚可不行。我脱去上衣，以为她在开玩笑。她说，真的，我今晚有访客，刚才我还以为是他进来了。我看见桌子上的避孕药，每一粒下面对应星期天数，周一，周二，周三，周五的那里也是空的，她过去的一周都在用。她说，你的身体比我想象的壮实，可惜，我不觉得他是那种可以接受三个人的类型。我把落在地板上的衣服捡起来，走出门时，用手敲敲门板，说，玩得尽兴，我的甜李子。我赤裸着上身穿过走廊，下楼，意识到我把鞋子忘在苏珊那儿了，但也不能现在回去取。特蕾莎迎面走来，她像是没睡着，要去厨房接热水。她看到我，正准备说点什么。

一句话也不要讲，我说。

7.1

（2074 年 7 月）

将近一年的研究走访收获寥寥。L 到亚洲之后几乎不留痕迹。我大抵知道，他从开罗经停伊朗，在拉合尔住过，随后在缅甸，他的最终目的地应该是中国。我不知道他在战前是否回到了中国。如果爱德华的记忆没出错，那么他看到 L 档案的时候，其人应该在东南亚。战前混乱和猜忌中，他可能死于任何一场追捕、误会或是意外。他的国籍，专业，去过的国家，写过的文章，都可以构成不良揣测的理由，每一条都可以在特定情形下致死。他没有乘坐飞机，或是留下身份信息的交通，这意味着，一场擦枪走火的抢劫或是盘问，就可能要了他的姓名。有两个目击者的口述，宣称见过符合 L 形象的中国人。

一位是阿富汗的军阀，他说在一场停火谈判中，曾见过这样的中国人，他彬彬有礼，总是一副若有所思的样子，但固执己见，很难做出真正的让步。谈判中，军阀的部下突然站起来，指着L大声叫起来。气氛一下子紧张，L脸上露出切实恐惧，所有人按住枪把。这时候，部下走过去，走到了那一边，和L紧紧地拥抱，脸贴着脸，L这时候也认出他了，两个人喜笑颜开。原来，他们在学生时代是相识。后来大家也不顾谈判了，直接进入晚宴。军阀邀请L坐在他身边，切肉放在他的盘子上，然后说，你知道吗，我刚刚以为我要杀你了。L说，我也以为我到了终点。

第二位是缅甸的军警，他说他们曾调查过这样一位中国人，穿梭孟缅边境，泰缅边境，缅北地带，他们觉得他不是间谍就是毒贩。他们展示的照片确实是L，至少十分相像。他的确是逃犯的模样，眼镜失踪了，失去了斯文的底裤，小眼睛瞪着圆滚滚的，像是盯着某位敌人。盘问中，L的态度异常诚恳，和他们已有的记录没什么出入，不惮说出自己对政局的想法。印象中最深的一句是，他说，他如果要刺激变化的发生，不会以秘密的方式，因为没有人有秘密。最后军警的头决定放了他，因为这样的人普遍不会形成真正的威胁，没有阴谋诡计的能力和胆识，只是充满幻想的不切实际的知识分子。军警私下怀疑，他已经处于疯癫的边缘，像库尔兹船长[1]，虽然说话清楚，条理清晰，但所说的事情

[1] 库尔兹，约瑟夫·康拉德（Joseph Conrad，1857—1924）发表小说《黑暗之心》中的人物，从事象牙贸易，在刚果丛林里发了疯。

都荒谬至极，相信个人意志，一小撮人的力量，世界尽头，不过战前的那一阵子，精神失常快成了流行病，无疑增加了治愈难度。当然，有一点他们是怀疑的，就是L不会缅语，他号称没有雇用当地翻译。我们威胁他说，如果他不承认的话，我们就动刑。他说，要是你们打我一顿能让我会说缅语的话，那我对你们感激不尽。这事也就不了了之。

我没想到会在东南亚找到马可。我的想象里，他会在康沃尔或是东非大湖区养老。没有任何迹象表明，他对东南亚有过丝毫兴趣。平反出狱后，他公开露面很少，从未参加牛津校友会。他的海军战友不时拜访他，媒体只能从这些人身上得到二手信息。他得到一笔慷慨的国家赔偿，加上社会捐赠和家族财产，不难推定，他的晚年生活至少经济上是舒适的。纪念活动仍继续，他的名字也和历史上的良心拒服兵役者们相连[1]，他的雕像置于艾迪丝·卡维尔[2]旁，每年传出他去世的流言，雕像前便会出现血红的罂粟花。“马可的讣告”成为新时代为数不多的假新闻的代名词。因为没有恶意，当局没有追查每年散播流言的人。这件事造就了伦敦年度的狂欢日，甚至有赌场以罂粟花出现的日子开赌。东区有一处黑啤品牌以他的姓氏命名，络绎不绝的游客喜欢拿着这

[1] 良心拒服兵役者（Conscientous Objector），由于思想、良心或者信仰缘故拒绝履行军事服务权利的个人，这在战前成为认可的人权，但在职士兵拒绝军事行动仍然存在争议。

[2] 艾迪丝·卡维尔（Edith Cavell，1865—1915），英国护士，在欧洲战争中平等地救助双方的伤员，被德国行刑队枪杀，纪念雕像立于伦敦马丁广场。

款啤酒在塑像下合影，那是在红色电话亭不再修缮后，伦敦街头的留影合照之地。你也可以买到他主题的徽章，佩戴胸前，上面写着“我在船上了”（I am on a boat），相传这是他对英国政府和媒体说的最后一句话。

他的住处在丹老群岛的一处海湾，尊重他的隐私，我不做具体地点的描绘，也不会详细描述找到他的过程。房前停着帆船，晴天时候他会出海，海水是透明见底的幽蓝色。我们坐在甲板上，夜幕低垂，他递来茴香酒说，不知道你能不能习惯，L 特别不喜欢，你可以兑上一些水。我们喝酒，看着繁星的出现，都没急着进入对话。他的皮肤不再苍白，古铜泛红，硬硬的，铠甲般的盖在身上，一滴水也钻不进去的样子。白色全部转移到了他的两鬓和腮边，不得不说，他的胡子令人钦慕，像是冬日里覆雪的松针，挺拔茂密，根根分明，没有翘出来的分杈。他穿亚麻衬衣，敞开衣领，勃艮第色短裤，双脚惬意地搭在甲板，身子往后舒展地靠着，他转过头看你的时候，出乎预料地羞涩一笑，像是他刚认识你，被邀请到这艘不属于他的船上一样。

以下是他的口述。

7.2

（2074 年 7 月 7 日，丹老群岛）

抱歉让你跑这么远。是，现在交通便利多了，但相信仍花费了你不少时间。你想从我这里听到什么。岁月蹉跎，我记忆也不那么好使了。我没有服用任何恢复记忆的药物，我想遗忘是人的幸福技艺。你看我如今的生活，和渔夫没有什么两样。可惜罗拉已经不在了，要不然，你从她那里一定能得到更清晰和牢靠的回答。我每天做好迎接尽头的准备，因此每天都过得安宁踏实。我想我做好了准备。

你喜欢那杯茴香酒吗？那么你比 L 强多了，我总记得他喝茴香酒时的扭曲表情，就像当年，他带我们去吃皮蛋时我们的反应。你知道皮蛋吗，对，千年蛋。我有一次从乌干达带回来烈酒和辣酱，我们就着皮蛋吃，那是唯一能吃下去的方法，酒和辣椒把舌头的味蕾都烧掉了。

想来，我们那时候真是胡来。我这辈子喝酒最多的时候恐怕是在牛津，我记得复活节后的那一阵子，起码有两三个星期，我们没清醒过。每天早上醒来发誓这一周再不喝酒了，结果晚上还是继续。他们来敲我的门，一定要把我拉走。当然是他们主动要求的。我们先在房里喝两杯威士忌，然后再去酒馆喝黑啤。

L喜欢黑啤。他其他方面的口味清淡无味，但啤酒上，偏偏要喝浓烈的。我们当初的话一定很多，从晚上八九点说到凌晨一点。我的中文一点进步也没有，还是只会说“啤酒”和“鬼佬”。要说说讨论的内容吗？说实话我一点也记不起来，不，我们倒是不谈家长里短，运动也不谈，我们三个人没有共同的体育爱好。你这样一说，倒是勾起了我的好奇，我们当时谈的都是些什么，肯定也不是学术。我觉得，一半的时间花在对世界的不满上，另一半花在对未来的焦虑里。

我对牛津的期待可不是这样的，它变得那么非正式、浪荡，时不时挑战规则。当然，这不是说大学本身，大学还在面子上维系着那一套，我说的是大学里的这些人。他们表面上做做样子，但私下呢，仍是在平俗不过的欲求和渴望里打滚。那是一种奇怪的反差，不是吗？你要穿黑袍子，打好领结，参加晚宴，说些修辞精美的漂亮话，但这些装饰，服饰或言辞，都没有根本改变我们的德性，尤其是对堕落的执迷。即便克制和节律的人，他们克制的理由，也是要维系看上去高贵和儒雅的形象，不是出于本心。需要克制的时候，我们的内心已经垮掉了。我这样说的时候，回想起了牛津，在此之前，我是不会这么说的。我觉得在面子上能维系礼节的样子就足够了，这或许是我英国人小国寡民的心态。我愤世嫉俗的气息，应当是和他们日夜的谈话中沾染的。

宿舍的女孩子比我们果断爽快，娜塔莎能和所有人搭上话，特蕾莎有善良的心，苏珊什么都不怕，我们呢，整天不过是一起喝烂酒。那时候喝酒是和男子气结合在一起的。我不会说我自己是一个女性主义者，但我有深刻的感觉，未来是她们的。事实也证明了，不是吗。我再给你倒杯酒吧，你要什么，啤酒吗。（他弯腰进入船舱，从盛着冰块的盒里拿出两罐啤酒。）

说实话，当时我对牛津的大部分事情都不上心，对我来说这是间隔年，迟早要回非洲，那才是启蒙我的地方。我和人打交道的本事，日常的生活技能，都是在那里学会的。我的羞涩一扫而空，没什么害怕的时候。当然这可能因为我是白人，得到不一样的对待，这在当时仍然是重要的身份标识。或者是因为什么人也不熟悉，没了包袱。这是进入另一个社会的好处，你不再清楚地知道恰当和不妥的边界，过去社会化的训练消失了，你假设自己是一直犯错和出丑的人，得到了前所未有的自由。越是这样没有边际的自由，你越能发现深埋在人们之中的共性，你越不会成为一个恶劣的人。这样说，当时和他们喝酒聊天也是，百无禁忌，像到了别样的社会空间，你懂我的意思吗。（我们都沉默了一会儿，时时传来鱼跳出海面翻身的水花声，鱼鳞在月光下银光闪闪。）

我想过以不同的方式回到非洲，在牛津，我参加过外交部和 MI6 的选拔，都到了最后面试阶段。MI6 的事，我是在被拒绝之后才告诉了他们。L 对选拔的过程十分感兴趣，我想那一天主要是他在发问。面试的时候，他们总会问及道德困境，比如怎么处理平民的叛乱，像是殖民时期遗留下来的考卷。连着两次，我都诚实地回答说，我的行为要看对方的叛乱行径是否正义。我观察到考官脸上一闪而过的哂笑。从面试的房间里走出来，我看着走廊上一排西装革履、头发油亮的候选人，便觉得我不会是他们中的一员。

毕了业，我和罗拉搬去伦敦，我在一家服务非洲的慈善机构打工，终日处理电子邮件——那时候最为流行的远程办公方式，告诉申请人我们批准了她的教育贷款，或是拒绝了他的创业计划，浑浑噩噩了一年，一点长进也没有。夏天，我们去参加 L 的婚礼，婚礼前两天，我们骑车到邻村啤酒节，喝得酩酊大醉，倒在麦田里呼呼大睡，第二天醒来，身上被麦秆扎得刺痒发红，跳到湖里去洗了一通。阿尔卑斯融雪的湖水让我们一下子清醒过来。自行车坏了一辆，我们把它留在湖边，我和 L 共用一辆，他坐在座位上，我在前面悬空蹬车，就这样一路回去了。婚礼上，L 嘱咐我们要待到最后一刻，等大部分客人走了，他可以和我们无顾虑地喝酒。晚宴的中途，我、亚历山大、罗拉出来，在门外透气，L送走一批人时看见我们，走了过来。

我们把手搭在他的肩上，左边一个，右边一个，说，恭喜你了。他说，谢谢你们少有的严肃。我们说，以后，我们就是要和已婚的人聚会了。他说，那句话怎么说来着，我拒绝加入任何有我作为成员的集体。我们说，现在已经太迟了。空气沁人心脾，卷着麦子和鲜花的气味。（他低了低头。）亚历山大，这时候说，我觉得差不多到时间了，你觉得呢。L看着我们问，什么。我说，嗯，到时候了。亚历山大从口袋里掏出我们提前准备的雪茄，递到L的嘴上，我擦亮火柴，伸到雪茄前端，我们三个人凑近，用手挡住风，雪茄点燃了，黑夜里燃起火星。我们三个人轮流抽，不说话，直到快抽完了，我们说，你该回去了。

那不是我们最后一次聚会。转眼到了秋天的时候，牛津再次开学，我们回到学院，晚上从厨房窗户翻进宿舍，窗户果然还没修好。我们又一次回到厨房。它看起来和一年前我们入学时一样，留言板被清空，只剩防火警示。我们在橱柜里找杯子，洗净，那个荧光的塑料杯居然还在。我们把揣在怀里的红酒拿出来，倒进颜色和尺寸不一的马克杯。我们刚喝起来，一位新生推门走进厨房。她愣了一下，以为自己走错了地方。我们说，你没有，我们是故地重游。我们问她喝酒吗。她说，太多的阅读材料要今晚看完。L说，你瞧瞧我们，非洲系最佳论文作者，拉美系优秀毕业生，以及，混上了博士候选人的政治学生，要不是喝点酒，恐怕都没这些成就。我之前都不知道他这么在意这些。那位新生姑娘被逗笑了，加入我们，后来亚历山大带她去酒馆，提前结束了我们三人的聚会。

不久后，我们便分道扬镳。

我加入了皇家海军，两年的训练期。面试时，他们问我，为什么选择海军。我说，可以留住胡子[1]。他们又问了那个最终之问，如果你得到命令，需要轰炸平民居住区时会怎么做。我第一次，改变了答案。我说，我相信到我手上的命令将会是经过深思熟虑的。他们点了点头。

和L还会定期见面，但是总少了点什么，我俩喝酒的时候，话都不多。他后来受伤手术后酒量剧减。有一次，约在我家打猎，那是他第一次用枪，我们拿了两把安许茨[2]，穿好靴子，进入房子后面的丛林寻找狐狸。那一阵子英国的狐狸泛滥成灾。下了雾，林子白茫茫的，山丘若隐若现，我们望见有活物从林子里穿过，比狐狸小。L追上去，很近的距离，他托起枪开火，肩膀硬邦邦，还没习惯枪的后坐力。林子的鸟群惊飞而起，发出难听的叫唤，黑压压地往远处去了。我走过去，在结了霜的草丛间看见兔子的尸首，血肉模

[1] 海军是当时英国军队编制中士兵和军官可以保留胡子的队伍。

[2] 安许茨，德国枪械制造公司，生产小口径猎枪用于射击运动和狩猎。

糊，我对L说，兔子这么小，你开枪的距离太近了。他的目光一直没有离开血红的兔子。他问，这还能吃吗。我说，没有必要，弹药都清不干净，也许狐狸会来光顾。之后他再没开枪，回到房里，我们泡上茶，换上干燥的睡衣，他说，我们下次还是去射陶鸽子吧[1]。

我们最后一次见面，是他离开英国之前。那时他刚拿到博士学位，到伦敦来，说要和我一醉方休。恰好我也完成海军的训练，晋升为中尉。海军的典礼还保持了佩刀的传统，我从退休的军官那里搞到一把。L那天来伦敦，我们在房里喝得满脸通红，他把我的刀拔出来，让我给他照相，我说，你不要摆出东方侠客的样子，这是欧式的佩剑，他不听，非要做出古怪的姿势。然后我说，要不然我们去军官俱乐部喝一轮。那里的威士忌在全伦敦也是赫赫有名。我们刚在吧台坐下，突然进来一位衣着笔挺的男士，黑裤子，深红燕尾服，白色领结，白色手套，正式得滑稽。他进来和俱乐部的负责人低语数句，然后出门，紧接着，两个如此打扮的人，抬着卷起的红地毯，走进来，在俱乐部人员的帮助下，把地毯展开，从门口一直到走廊。他们又出去了，不一会儿，身着深蓝长服的老太太，徐步顺着地毯走进来。那是伊丽莎白女王。大家纷纷点头致意。她消失在走廊的尽头。那是我第一次也是最后一次见到英国的君主。L说，这也是你

[1] 陶鸽子（Clay Pigeon），陶制的移动飞靶，在当时用于射击运动。

安排的吗。

说起来那都是五十多年前的事了，对吗。时过境迁。（起了微风，浪软软拍打船身，像摇篮。）我老是绕不过宿命感，隐隐中觉得这一切都是注定。不是说有什么神灵，或是外在的力量。我无神论的立场坚定不移。宿命，栖息在我们的每个选择和举动里。但是，如果我们想去追溯源头，发觉那决定性的一刻或是一秒，又是十分困难，恐怕是上百万个微小念头和动作的纠缠，造就了宿命。它没有办法被溯源、挖掘，不能被当作信仰，但是无所不包，连我们反对宿命这件事情也是宿命。你体会过驾驶飞机的感受吗，不是在游戏中或是模拟机上。我清楚记得，加入海军后第一次驾驶 F35 的时刻[1]，轰鸣，离开跑道，颠簸，然后，你似乎什么也听不见了，寂静笼罩，无人之境，时间悬浮在空中。战争的那回，不一样，从起飞开始，就有持续的噪音和无边的孤独，包裹着我。到了计划的投弹上空，他们说，可以投了。我向下看了一眼，微弱闪烁的城市灯光，像我们现在头顶的星光。（他停顿了一会儿。）我想跟你说事情不为人知的一面。是的，我对于轰炸这件事本身，犹豫再三。但当我往下看的那一瞬间，一个挥之不去的念头出现了。

比道德原则更为亲密的感受出现了。我觉得，那下面，

[1] F-35 是由美国洛克希德·马丁公司设计及生产的单座单发动机多用途战机，是当时先进的飞行器。

一定有我认识的人。L，娜塔莎，特蕾莎，甚至是爱德华，我说不上来，就是那一处微弱得随时可以忽略的光里，潜藏着熟悉的面孔。这个私人原因，才是我下不去手的最强烈的源头。我再也听不见指令，在城市上空盘旋了一圈，返航而去。噪音消失了，孤独也退去了，我就像是潮水之后裸露的礁石。下了飞机之后，他们告诉我孩子在前线去世的消息。我一点也没有后悔，或是要重回飞机报复的冲动，战争对于我来说，已经结束了，它永远地结束了。

（我们都没有说话，在甲板上睡去了，直到第二天太阳出来，海面金光闪闪。我收起啤酒杯，天亮了，才看清楚上面的刻字，“2015 年 5 月，伦敦”。）

7.3

（2074年10月18日）

今年马可去世的假讣告出现在十月，我和他见面后的三个月。报道说他死于金沙萨，我便知道是假新闻。除了对结果本身的描述南辕北辙之外，讣告关于他生平的内容属实，我摘抄如下，供读者参考。

马可船长，和平主义者，八十二岁去世

2074年10月18日下午四点，马可·米尔斯，在刚果城市金沙萨综合医院身亡。他在一场摩托车事故后陷入昏迷，被路人送往医院，经抢救无效后去世，享年八十二岁。英国政府、乌干达政府、缅甸政府和牛津大学皆在第一时间表达对其逝世的遗憾，牛津大学和平和冲突研究所主任在接受采访时说道：“他的精神仍然在指引我们共同的理想。”

米尔斯出生于英国南部，就读牛津大学非洲研究专业，毕业后加入英国海军任飞行员，服役期间表现优异，参与英国水灾、非洲和加勒比地区的灾后救援。战争时，他在亚洲战区拒绝向含平民目标的设施投弹。同一天，他在医疗组织当志愿者的儿子因敌方炮火的攻击身亡。因为不服从军令的举动，他遭到英国军方的革职和起诉。大众和反战组织同情并支持他的举动，声势浩大的情愿行动从英国波及全球，“#FreeCaptain 马可”成为流行口号。三年之后，他在审判中被认定无罪，因这场运动团结的全球反战网络也加速了战争的提早结束。

他的名字与良心拒服兵役者紧密联系，本人形象在战后成为流行文化的符号。他在战争结束前收到来自英国政府的正式道歉和国际上的赞誉，包括圣安东尼学院授予的荣誉博士学位。虽然有持续不断的猜测，没有公开记录表明他此后参与了任何政治活动或商业团体。他曾给惠康基金会和老兵救助协会捐过两笔巨款，但是拒绝成为基金会的理事。妻子去世后，他在非洲旅行和居住多年，以笔名发表过多篇刚果河的游记。他也是著名的摩托车手和烈酒收藏家。他没有亲人在世，是家族最后一位过世的成员。

>>>

8
争渡
Punters
（2015年6月）

8.1
（2075年11月2日）

8

争渡

Punters

（2015年6月）

6月将至，牛津真正流淌了起来。5月最后一星期，上演延续百年的划船赛事。学院在岸边设有船屋，每年这时候，学院的旗帜高高升起，在金色的阳光下，和河水一同飘荡。河道两边，窄窄的路上，挤满了人，外地人和本地人，围观盛事。在英国，只能在网球场、赛马场、划船赛事，见到如此的喧嚣。大家悉心打扮，把藏了大半个冬日的五颜六色穿了出来，带着备好的野餐和酒，从四面八方冒出来。一时间人声鼎沸，觥筹交错。

我见自行车已难以前进，索性将其丢在灌木中，和娜塔莎沿河步行。没有经验的围观客会在河尾的终点处，手持相机等着赛船。牛津学院赛船的规则是，各学院船排队依次出发，以赶上前方一船为胜。赛事持续四日，各学院的排序每日不同，以示公平。后一艘船赶上前一艘，激烈的超越与可能的碰触，被称为“撞击”，是赛艇中尤为刺激的一刻。大多数撞击不发生在终点，而是在出发后不久的水域，凡是发生了撞击的船，这一轮结果已定，所以终点没什么精彩。跟着学院里有经验的前辈，我们在河道的前段找地方，坐了下来。

日光充沛得要从河面溢出来了。四处是奔跑嬉笑和叫卖的人群。我想起中国上学开春秋季运动会，和当下的场景同等热闹和紧张。牛津观景台，中国小学主席台的广播，都试图去抓住闹作一团的众人的注意力。唯独不同的是，这儿没有《运动员进行曲》作主旋律[1]。刚想到这，一艘身材魁梧的游艇驶过，甲板上有爵士乐团，奏着“公爵”[2]的曲子，悠扬有力地从河上飘过来。两岸的人群起哄般地呼喊，并鼓起掌来。船上的人们穿着出奇的正式，像是在举行一场婚礼。检查河道的船驶过，若河道中出现天鹅，那么出于对女王的尊重，赛事必须立即停止，若是出现落水的游人和醉汉，倒没什么人道主义的规定。跟在检查船后面的，就是众学院的赛艇，从各自的船屋中出发到起点集合。

赛手们扛着船，喊着口号，船从那结实肩膀的一端优

[1] 《运动员进行曲》是 1971 年中国人民解放军军乐团为迎接在北京举行的亚洲乒乓球友好邀请赛所创作的曲目，后作为各类运动赛事及颁奖典礼的配乐。

[2] “公爵”，应指艾灵顿公爵。

雅地摆到另一端，被轻轻放在了水面上。他们依次坐进去，听船头人的口令，缓缓地划动船桨。每个学院都有自己的颜色，一目了然，像古希腊各城邦的队伍，在神灵的注视下驶入奥林匹亚。这个过程的仪式感强烈，使人不由地紧张起来。我们能感到赛手们的情绪，但又不是自己比赛，莫过于一种消遣性的紧张。

广播喇叭里低沉的男音此时忽然走高：比赛开始了。

我们坐在河道的第一个转弯处，伸长了脖子，等着赛艇的出现。有那么一刻屏息的安静。尖尖的船艄戳出来了，大家站起来，把墨镜推到额头上，努力要看清楚是哪个学院，是贝利奥尔还是莫顿。沿岸欢呼雀跃，第二艘，第三艘，接连出现。它们离我们越近，我们越能感受真正的速度，到跟前的时候，两三秒略过，然后视觉上，它们又变慢了，在河道终点的地方，所有船像是原地打转，交织在一起。娜塔莎说，下一轮苏珊上场。我们迫不及待地站起来，时间比上一轮要久，直到红黄相间的影子冲出弯道。那是我们学院吗，还是万灵学院，我说。万灵学院有足够的人参加比赛吗，娜塔莎说，瞧，那不是苏珊吗。

她在靠近船尾的地方，紧绷的赛服，勾勒出坚实和棱角分明的肢体，她的脸也紧绷着，充满怒气的模样。我想，她们已经“撞”过别人的船了，娜塔莎说。嗖地，她们从我们眼前穿过，把身后的对手甩出去大约两个船身。爱德华不知从哪里冒出来，说，我们的女队今年要创造历史了，快去终点蹭香槟。

我们把东西收好，沿着河道往终点走。精疲力竭的运动员们，躺在船里或是岸边，脸上残留不久前的沮丧或兴奋。没什么比体育赛事更好的了，这是一场没有伤亡的战争。我们在水中发现了女队船员，她们跳进去庆祝酣畅淋漓的胜利。苏珊看见我说，你应该下来。我摇摇头。她跳上岸，身上还滴着水，把码头木板打湿了。她朝我走过来，我说，你别。她俯下身子，加速，抱住我的腰，一同掀到水里去。我仰面朝天入水，背后着水的一刻，汗毛竖起，水冰凉刺骨，我的咒骂刚要出口，水就从四周涌过来了，我在水下转身，冒出水面。苏珊正在用手拨头发，浸了水后由姜色变成深栗色，一缕缕地整齐地垂在脑后，她的脸上和肩膀上还有水珠，嘴上露出得意神态。我说，太他妈的凉了，我的眼镜呢。她说，你应该把眼镜先取下来的。

晴天渐长，我们把陆上的聚会转移到船上。从学院取纸质的小票，可以在船坞借到撑桨的船。沿着河道往北，可抵达郊外的酒馆，往南，进大学公园。我们少有往南的时候。亚历山大上手很快，迅速教会了大家撑船的技巧。先顺船舷一插到底，他说，然后把你吃奶的劲使出来，调整方向时，把桨甩在船后，想象你摆动鱼尾。他端酒杯，躺在船窝，发号施令。他说，你们知道他们管滑雪的新手叫什么吗，叫“撑船者”（Punters），就像你们现在这样。

我们划过树丛时，见到一小堆鸭蛋。我说，快靠岸，我去取。特蕾莎说，不要，你不要掠杀生命。我说，你们什么时候都他妈成了素食主义者。亚历山大说，你这是偷窃。我说，把鸡鸭养起来，强制收蛋就不是偷窃了吗。亚历山大说，你再这样，我们要讨论吃狗肉的问题了。爱德华说，我有一个预言。特蕾莎说，什么。爱德华说，我有一个预言，今天会有人落水。我说，我也有一个预言，如果我落水，我一定会再拽下去一个人。我们大家都看着彼此。船驶离了鸭蛋的树丛。我对亚历山大说，你们上次吃的皮蛋，就是鸭蛋做的。亚历山大说，我至今还在做被扔进皮蛋仓库的噩梦。特蕾莎说，我们都认识快一年了，你们能不能成熟点。

我还身负一项秘密任务，在划船结束之后，说服亚历山大去“倒闭书局”[1]喝一轮，所有人在那里为他准备了生日惊喜派对。我们上岸，到了住所门口，我说，先别急着进去，我们去书局喝一杯。其他人，早时找借口离开，绕道往那里去了。亚历山大说，为什么不去玫瑰花冠呢，书局那里总是一群失败的作者们，和他们混久了，我也写不出东西，毕业后只能去做商业咨询了。我说，那里有地瓜薯条。亚历山大说，好吧，迁就一回。我们点了酒，转进长桌的地方，大家伙冒出来，说“惊喜”。亚历山大露出转瞬即逝的笑容，然后说，L 早就告诉我了。大家说，嘿，你怎么能这样。我说，我可没说啊。亚历山大朝我眨眨眼。他给我们买

[1] 倒闭书局（The Rickety Press），牛津克兰汉姆街 67 号，现仍未倒闭。

了一轮酒，我们戴上五颜六色的纸帽子，娜塔莎说，你要哪一个，我说，只要不是绿的就行。亚历山大说，迷信之子。我说，你有文化意识吗。他说，人们不愿意了解彼此，或是找理由打架的时候，才把文化差异搬出来。我把绿帽子戴在他头上。他说，谢谢你，赋予我国家独立的象征色。

他意外地不胜杯酌，喝了没两三杯就摇摇晃晃，险些从椅子上摔下来，他对桌子对面的马可喊道，嘿，马可船长，我们在船上了。马可举杯说，对，我们在船上了。亚历山大喝了一大口酒，把酒杯重重撂在桌上。他脸上笑容没了踪影。酒吧昏黄的灯照在脸上，本该让日常表情柔和温暖，但他的笑容没了，灯光下如同一张死人面孔上的妆容，那种模仿鲜活生命的尝试后失去色彩的表皮，分外的苍白和诡异。他转过头，丝毫没有察觉我一直盯着他。他像是把字母切开，一个元音一个元音地，对我说，我们活在刺激过度、欲望过盛的时代，直到我们干干净净地，忘记真爱。我说，不要犯了普世主义者的谬误。我碰了碰他的酒杯。他说，我已经喝完了，不像你还在克制。他的酒杯里还剩了一拇指，我不知道他注意到没有。

三个小时后，我躺在苏珊的床上，和她讲起这一段对话。我说，你觉得他指的是什么。她说，是我们假设的自由带来的困扰。我说，今天晚上你有约吗。她说，没有，你可以在这里睡。我说，好，为什么我从来没有在你的房间里闻到味道。她说，什么味道。我说，你知道，事后，房间里总会弥漫汗水和精液的味道。她说，那是你男性的幻想。我说，说真的。她说，是说真的。她把科塔萨尔的书合上，跳到床上，床垫弹起，我往里边挪了挪。她说，把自己投射到未来，就会对现在产生怀念之感。我说，我也一样。

娜塔莎敲门，还没等我们反应，已推开房门。她说，呀，我看见了什么。苏珊说，别一惊一乍，我们就是躺在这，什么也没做。娜塔莎说，你们快来，爱德华出事了。我们下楼去爱德华的房间，他坐在房间中央，宿舍的人都到了，围着他坐成一圈。他的头上绑了纱布，头发乌红，有干涸的血迹。特蕾莎给他端来一杯水。马可说，他是在格林坦普顿学院翻墙的时候，摔了下来。我说，跑去翻墙干什么。马可耸耸肩。爱德华尝试去解释什么，但他说话迷糊，前言不搭后语。特蕾莎说，他这样睡着，半夜会很危险的，我们晚上要看着他。

我们每人认领了两个小时监护。我说，该不会是翻去宿舍“淘金热”（Gold Rush），摔下来了吧。爱德华突然兴奋和清醒，他说，你怎么知道淘金热。我说，我为什么不能知道。娜塔莎问，什么是掘金。爱德华恨不得要站起来和我们大谈特谈，被我们按下去。他说，淘金就是毕业之前，赶紧和喜欢的人睡一场，嘿，你怎么会知道淘金热。我说，因为我是中国人，可以了吧，你安心休息。

我不知道说这话的时候，她有没有看我。越是感到可能的目光，我越是避免正对它。凌晨三点到五点，是我负责的时间。我时不时检查爱德华有没有在睡眠里失去意识，每个小时叫醒他一回。他蜷在墙边，呼吸均匀，那是房间唯一能听见的声音，让人昏昏欲睡。我躺在地毯上，合上双眼，幽静的夜里有浓郁兰花香，从半开的窗户钻进来，快要消失殆尽的时候，马上又来一阵。我不会睡着的，我想。当我睁开眼睛的时候，她已在我面前，兰花的味道被驱散了。我说，到换班时间了吗。她说，没有。她的双手，撑在我的耳边两侧，头发滑下来，弄得我的脸颊发痒。她的鼻尖碰到我的鼻尖。我说，我们不该叫醒他么。她说，一个小时以后。

我把安全套取下，用纸巾包起来，丢进垃圾桶。水槽镜子面前，我赤裸上身走过，满身是汗。天空泛白，混着黄色的街灯入室，身体影子被模糊放大，投射在水槽之上的墙面，夸张变形的几何图案。汗珠是肌肤的晨露，反射的光到镜子，又到了我的眼睛里。我的身体不会再有比现在一刻更年轻了。我的喘息声还在急促阶段，每口气都要深吸，我的耳边只有这声音，脑子里像锣鼓一阵后还在颤抖的大地，惊雷之后震动不已的新叶。爱德华的呼吸声，我早已听不见了。她说，别担心，他还活着，现在到我负责的时间了。

爱德华不是夏日来临时唯一需要拯救的人。马可又把自己关在房间了，有两天两夜，他都不见踪影。最后，我和亚历山大决定破门而入。我们撞开门的时候，带进去一阵风，掀起散落在地板书架桌上的手稿，雪白的纸，自由飘在空中，乱无章法地落下。马可张开双臂，模仿耶稣在十字架上的场景，说，干，I've lost my plot！ I've lost it！我说，把那瓶威士忌拿着，我们去划船，船上说。他说，Yes, punt away, punt into the ocean, put away from all my problems……我随手捡起一张手稿，开头一段，描写19世纪的传教士进入昏睡症袭扰的村庄，小说一般的文字，引人入胜。马可把它夺过来，捏成一团，抛向垃圾桶，没进，他说，我一无是处，一无是处。我把它捡起来，展开，放在桌子上说，明天你再看的时候，感觉也许就不同了。

他听了我们的话，上了船，我们只许他喝一杯，然后一起回去，监督他把论文写完。明天是最终期限。他把那杯酒一饮而尽，仰瘫在船里，手插在水里，嘴里还在说，我完了，我完了。我说，马可，实在不行，我们毕业了，弄俩快餐车，横穿非洲。马可说，我什么也不会做。我说，你做炸鱼薯条，我做炒饭，一定会被认作是正宗的。亚历山大说，那你们的名字叫什么，新旧帝国之家吗。马可笑起来，我也笑起来。亚历山大说，干，撑杆陷到泥里了，嘿，我说你们俩帮忙呀，把船桨递给我。我们都不动，只是看着他大笑。

交过论文后，马可立刻恢复了正常。他赶在五点前，把还没来得及装订的论文，塞到工作人员的手里。我们在厨房做好饭，等待他的回归。厨房窗户彻底坏了，我们不期望学期结束前会修好。亚历山大和我把桌子从窗户挪出去，放到草坪上，椅子也跟着出来，六七点钟，阳光仍然充裕，我们把海鲜饭端出来，还有香肠和牛肉派在烤箱里。一整瓶皮姆酒，倒在塑料的沙拉碗里，切了草莓，掰了橘子，扔进去。一沓塑料杯，大小不一的刀叉和盘子。马可回来了，吹着口哨，我们依次在桌子前坐下来。苏珊破天荒地要了一杯酒。亚历山大说，总算能按照墨西哥时间，吃一顿晚饭。我们让马可把烤箱里的主菜取出来，他翻进厨房，翻箱倒柜地，找出装咖啡豆的麻袋子，叠在一团，当作厨房手套，把烤盘从热烘烘的烤箱端出，搁在窗台上，然后他从窗户翻出来，换了一只手，在热度达到不能忍受的程度之前，把烤盘扔在了桌子上。我们鼓掌欢呼。他弯腰致敬。我们提及即将到来的考试，没人说毕业和道别的事儿。马可不因考试焦虑，他患阅读障碍症，拥有绰绰有余的考试加时。我说，这就是你们第一世界发明的疾病。娜塔莎说，我们没什么乱七八糟的症状和过敏。我说，你想想，我们历史上那么多次饥荒，食物过敏都活不下来。娜塔莎说，是，那样的淘汰可比考试严酷多了。亚历山大对马可说，所以你的障碍，是一种政治不正确的疾病。

这一顿饭，我们吃到落日，阴影像夏日杂草，四处蔓延，爬到桌上的残羹冷炙，爬到每个人脸上，衣服上。清晰尖锐的边界，模糊消失。马可踩在装咖啡豆的麻袋里，亚历山大踩在装土豆的麻袋里，两人决定在草坪上进行一场赛跑。两只笨拙的兔子，挺着肚子，前后蹦跶，最后都摔倒了，但没爬起来，两人顺势在地上向前拱，双手紧紧地拉着袋子的两边，好像拉着没皮带的裤子。快到草坪边缘时，两人路线重叠到一起，他们试图阻止对方继续向前，毛毛虫般地扭打。最后，亚历山大失去了耐性，把麻袋取下来，套在了马可头上，把他卷起来，打着滚，推到我们面前。马可摘掉麻袋，头发蓬乱，刚睡醒的样子，他说，我现在在哪呢。我们说，你就要上岸了，亲爱的。娜塔莎伸手把他拉起来。

考试周，最后一日，学院举行庆祝学期结束的舞会。我已不能想象，拥挤吵闹的环境里能没有苏珊。她急促地敲门，急促地推门而入，急促地说，我们要走了。跳舞时，她总是穿绿色短袖，蓝色牛仔裤，宽肩膀把短袖撑起，露出前肩。走进舞厅，像是步入热带的黏稠，黑压压的人群，潮湿，闷热，透不过气，冒险的欲望从肚子蹿上来。我们看见了马可和娜塔莎，头一回，他们到得比我们早。从笑容上看，酒精是从下午开始注入的。我们四人抱作一团，一起蹦跶，嘴里还喊着不知所云的话。

马可把手搭在我的肩膀上，他说，我要给你买一瓶酒。我说，好。我们俩走到吧台，亚历山大正在和酒保热火朝天地说什么，脖子上青筋隆起，胡子像是着了火。我们一人一边，框住他的脖子。他说，再加两杯酒。我们碰杯。亚历山大说，干，这就是结局了。我们说，干。我们干了一杯，又加了三杯。亚历山大走到 DJ 面前，低语几句，又招手叫来拉美系的同学，他对DJ点头说，我们准备好了。DJ换上拉美舞曲。一阵欢呼。他们开始领舞，踩步子，转身，一手端着酒。我和马可把酒洒得到处都是。特蕾莎和爱德华到我们旁边。她把短发扎到后面，长尖领衬衣，英气十足，我们轻轻抱了一下，她说，我听说你明天要走。我说，是，很多人都是。她说，Young Sir，可否赏脸跳一支舞。我说，Mademoiselle。我接过她的手，每当转换位置或是舞步的时候，她的手会提前用微小的推拉发出暗号。一首曲子结束了，我说，所幸，没踩到你的脚。亚历山大和罗拉也跳了一曲，他们都是熟练的高手，边聊天边跳莎莎。

马可叫我出去，我们在学院的草坪上透气，我的上衣湿透了。马可说，会很奇怪的，对么，我再也不能拎一瓶酒去找你了。院子中央，樱花树，在夜里，粗壮静谧，它的身躯完全舒展开了，张开手臂，树下阴影在夜里更加深邃，不可知。我说，不是说，每年毕业都有人跑到树上吗，为什么今年没有。马可说，是呐。我看了他一眼，伸出手去抱住最低的树枝，脚蹬树干，不费什么气力，上了树。马可也上来了。我们各自靠着一根粗壮的枝条。他递给我烟盒，我打开说，怎么像是咖啡粉。他说，是瑞士的口含烟了，你把它攒一点，放在牙床上。我照做了，他拿过去，也含上一点。我们望着吵闹和通亮的舞厅，有人在台阶上相拥，泣不成声。马可说，感觉到了么。我说，嗯。我们离人群越来越远，离月亮近在咫尺。我说，我们要飞起来了，以后就住在树上了。他说，和风筝一样高。我说，你一下子拉低了我的臆想。他在暗夜里无奈地摆摆头，说，那我们回去吧，回到地球去。

脑子嗡嗡响，脚下踩棉花。我见到每一个人都同我拥抱和道别。我找到绿短袖，拉起苏珊的手，要和她跳舞。她说，为什么是现在。我们之前从来没有一对一跳过舞。我说，也只有现在了。她的舞步很快，我们踩到对方很多次。她说，这一年，你一点进步也没有。我说，可见你叫我出去还不够多。她说，你真是无可救药。我说，是么。她说，是的。马可和罗拉在舞池接吻，亚历山大在吧台买酒，爱德华和娜塔莎在说话，特蕾莎坐在门口的板凳上。苏珊的眼睛里亮了光，她说，我们去图书馆。

藤蔓爬满了半面墙，绕过窗户，周折弯曲地盘在红砖上。楼道阴郁，密不透风，灯光照出脚下的长条小径。我说，仿佛在动物的肠子里行走。她没有回头，没往图书馆的入口去，而是上了层楼。楼上走道更是空寂。她把走廊老式的窗户推开缝隙，把支架搭上去，然后扭动转轴，咯吱咯吱，把窗户开到最大的程度，容一人侧身过。她蹬上暖气片，踩在窗台上，半个身子探出去，回过头看我。她脸上的汗水吹干了，卷发比过去一年的任何时候都长，快到下巴，夜色包裹身体，像穿了一身黑衣。她低下头，垂落头发遮住脸颊，露出额头，眼睛，鼻子，嘴，沉入灰黑的阴影里，一闪而过的狡黠的笑，引来附近所有的光，一道锐利的刀锋。

她把身子全部探出去，松开把在窗沿上的双手。干，我叫出声，冲到窗户前，伸出头去。原来窗外是一处水泥平台，她正躺在上面，狡黠的刀锋裂开，皓白的牙齿，她哈哈笑起来，说，你也下来吧。我爬上窗台，侧过身挤出去，背过去，慢慢把脚放下，触到平台的时候松开手。我们并排坐在水泥地上，中庭的高树离得近，伸手便可碰到枝叶，她用手拨弄树叶，像是拨动风铃。

我说，这里很是安静。她的手还在树叶之间，说，你总说要去拥抱他者，我不知道要如何去做。我说，说出世和入世，你知道吗，从世界离开，重新进世界，两种选择，越是出世的人，越喜欢谈论现实。她把手从树上落下来，抱住我的脖子，把头靠在肩膀上。我说，我以后要写本书，就把你写成典型的巴黎女士，空想冒险。她说，我订了去北京和德里的飞机。我说，那我们北京可以再见。她说，是，我们北京可以再见。

第二天，我起得很早，头晕脑涨地送马可离开。我说，你确定你现在能开车么。他关上后备厢，检查后排的一箱箱书，朝我们笑笑，进入驾驶座，点着火，摇下车窗，对我和亚历山大挥挥手，说，Adios，Amigos。我们挥挥手，看着他的车驶出温切斯特路的尽头，向左拐去。

回到住处，这栋维多利亚时期的砖房此时空空荡荡，沐浴在夏日阳光中，像垂暮之年的老者在门口晒太阳。门前的树，伸长茂密的枝干，和秋季入学时的萧瑟比完全换了模样。我们好不容易在厨房里翻出个瓶起，冰箱也只剩下最后一瓶啤酒。我找了个杯子，把酒一分两半。

这个厨房终于干净了一回，亚历山大端起杯。

四周光影安分地恪守在各个角落，唯有亚历山大杯子折射的阳光，迅速滑过这个厨房的每一寸地方，水壶，烤箱，锅台，水池，地上的麻袋，告示板上的防火警示，像好奇的孩子，仔细地把屋内的所有打量了一番。

我抬起头看着亚历山大，他也看着我。

这之后什么打算，我说。

多漂一会儿，亚历山大说，我要再多漂一会儿。[1]

[1] 原注："keep punting. I'm going to keep punting for a while longer."

8.1

（2075年11月2日）

马可假讣告的一年后，我在订阅的《拉美消息》上读到了亚历山大的真讣告。那时候我在牛津，整理档案和书稿，拜访故交，还顺道去了学院图书馆，希望找到苏珊他们道别时的水泥平台，可我查看了三层楼的每扇窗户，也未发现有什么平台，中庭的那棵栗子树倒是还在。这又成为一个不知所踪的迷宫。亚历山大的讣告挤在那一日去世的众人之中，题为“战时宣传寡头，八十六岁去世于墨西哥城”。同一天，我收到葬礼邀请，结尾处写道：“抱歉带给您的不便，请务必到场，此附供您往返的开支。”

我想葬礼的嘉宾是提前拟定，殡葬公司等委托人咽气的一刻把邀请发至名单。我得知娜塔莎会到场，我和她一直保持联系，她是你一旦认识就不会失去联系的人。至少能再见她一面，完成一次补访。我的身体在这六年里发生了说不上好坏的变化。我的体重降了不少，旁人以为我是服用了药物，胳膊和大腿变得精瘦，脸庞上没了学者的慵态，腭骨甚至是平生第一次显得凸出。我没有以前好看了，比任何时候都衰老得快。但奇怪的是，我的体力变得充沛，再也没有睡眠上的困扰，对别人说话的反应速度加快，对于文字性的内容却反应迟缓。我也说不清如此交错的感受。

我精简了行装，这六年来最大的进步是能把到哪的行李都控制在一个背包里。我把 L 的手记放进去，纸张比之前更黄更硬，有几处快要散下来，我想以后再不能带它旅行了，它即将成为进入书柜的那一类文稿，不再担心挤压和浸水的危险，只需要定期的除灰便可。也许是我的心理作用，但它比以前更重一些，拿起来沉甸甸，比包里的其他东西都重。它的红色封面比之前好看，没了那股鲜艳突兀的气息，转为深沉安稳的酒红色了。

到了墨西哥城，我从满城五彩缤纷的装饰中反应过来，葬礼安排在亡灵节这一天。灵堂守夜还没有结束，棺材摆在家族老宅的主屋，一张他年轻时的照片，鲜花和祭品。这么多年过去了，唯独是婚礼和葬礼的仪式没有发生变化，连战争也没法改变。近亲疲惫地靠在墙上，一旦有进来的人，他们挺直身子站起，做寒暄，再退回墙边。旁边房间在举行派对，酒和小吃。房间里摆满亚历山大不同年龄阶段的照片，他巴黎卖奶酪的时候，还有牛津的毕业典礼。房间里没有悲伤和疲劳，大家在兴奋地讨论家族的琐事和八卦，也有衣着刻板，想借此机会碰见有头有脸的人物攀谈几句的年轻人，不知所措地站在角落，手上紧紧捏着酒杯。

我过去和娜塔莎打招呼，她看上去刚到不久。我们碰了碰脸，她说，能再见到你真好。我说，这句话应该是我说才对。她说你饿了么，端起盘子递给我。我想起我的祖母。我把嘴塞满时，意外地在她的身后发现爱德华和幸子。爱德华穿着战时的军装，任何进屋的人都要狠狠地盯着他一阵子。他丝毫不在意的样子，和所有人有说有笑。幸子黑色正装，头发挽在脑后，白色珍珠耳环和项链，散发出柔和的光。她搂着娜塔莎的肩膀说，看来，你也见过了这位年轻学者。爱德华说，你这样说，好像他现在只有二十多岁，和我们在牛津时一样。幸子对我说，不要介意，在我们看来，你当然是年轻的，这是好事。我说，我没想过你们会跑这么远。爱德华说，比起过去十几个小时的飞机，现在过来一趟像是周末的短途出行。娜塔莎说，我想他是想说，非常意外你会来参加。爱德华说，为什么不来呢，墨西哥城街头派对，我可赶不上几回了。他故意提高了声量说，况且，比起活着的亚历山大，我还是愿意见到现在的他。幸子挥手拍了他的肩头，说，死者为大，死者为大。娜塔莎微笑地看着他们，转头问我，所以，你找到了 L 么，有没有新发现跟我们分享。我正准备说话，招待走过来问，还需要添酒和小食吗。爱德华又拿了一杯酒，娜塔莎和幸子挥挥手，意思是不需要了。我再次准备开口的时候，亚历山大的大女儿走进房间，她说起话来和亚历山大真像。她说，要闭棺了，还有什么告别的话，就趁现在吧。幸子说，我不敢看死去的人，你们去吧。

我们回到正屋，大家排队绕棺材告别。他的子女再次从墙边站起来，人群传来几声克制的啜泣，派对欢腾的音乐停止了，换成查维拉·瓦尔加斯[1]，泪水从干涸的眼眶里涌出来，一阵悲伤穿堂而过。爱德华走上去，往棺材里瞟了一眼，手拍了拍棺材的边缘，两声低沉的回音。娜塔莎走上去，双手扶着棺材，像是端详婴儿一样看了看，徐步离开了。轮到我走上去。或许是因为死后的妆容，他的脸不苍白，反倒透红光，像是醉酒晕倒在棺材里，八字胡嘴角翘起，仿佛梦到得意的琐事。鲜花和乐声掩盖不住躯体迈向腐烂的冰冷气息，提醒这场仪式的初衷。我想起来亚历山大跟我说过，葬礼和派对没什么区别，只是最后，主人不能跟着客人去下一场。该下一位了，亚历山大的女儿上前提醒我。我说，万分抱歉。

送葬队伍穿过老城，和庆祝游行的队伍混在一起。他们也穿黑色正装，脸上戴骷髅面具，以为我们假扮了一场葬礼。一位满身酒气的年轻人走到我身边说，Nosotras somos

[1] 查维拉·瓦尔加斯（Chavela Vargas，1919—2012），墨西哥歌手。

las muertas[1]。我们人鬼相伴，抵达教堂，墓区铺满鲜花和摇曳的蜡烛。我们从花的海洋里进入弥撒。我收到费发来的信息说，读到亚历山大的讣告，想必你会去墨西哥，帮我点一根蜡烛，敬一杯酒。我起身往烛台走。

教堂后排的长凳上，坐着没有脱帽的老人，低头，只见雪白的络腮胡。这时候，紧闭的教堂门被推开了，悠长尖锐的嘎吱声，外面游行的欢呼也随之泻进。牧师不免抬起头，眼神投向门口。苏珊从门后出现，她本低着头找位置，发现大家转过头看她，嘴上默念了一句 merde。娜塔莎招呼她坐到身边来，她们抿嘴一笑，坐下来挽起手臂。牧师说，还有没有人想上来说两句。长凳上的老人缓缓地站起来，脱去帽子，我们意识到那是马可，人群传来窃窃私语，无非在确认那是不是传说中的船长。他向娜塔莎和苏珊点头致意，走上讲台，挺直胸膛。我现在能完全看清他的面庞了，肤色赤红，毛发洁白，皱纹下的肌肉顽固不化。他顿了顿嗓子说：

谢谢。我是马可（台下一阵骚动，有人开始拍照片，他望了一眼棺材）。我们，在牛津短暂地度过了一年时间。那是令人难忘的一整年。很难说他是我的朋友，很难说他是任何人的朋友，说他是个混蛋还差不多（台下的人笑，他又看了一眼棺材）。

[1] 西班牙语，意思是“我们是死去的人”。

我们当时年轻气盛，饮酒海量，有万分的迷茫。近日，我独自一人在海上的时候，常想起当时的漂荡感，我们像是在美杜莎之筏[1]上，等待一艘船驶过，能把我们打捞起来。幸好，我们没把彼此吃掉（年老的听众笑）。当我们回到陆地的时候，脱离了危险，却怀念筏子上没有战争和国界的日子，有的只是一望无际的令人不知所措的蔚蓝海面（他又看了一眼棺材）。

现在，我们这些人，有的人死去了，有的人不见踪影，有的人像我，只剩下这幅躯壳。我们的生命，作为幸存者，不断地被审视，检验那一年生活的影子还剩下什么。牛津时刻算作什么，一场冲击，转折，休憩，怀疑的空间，还是彻底的改变。这样的时刻，接连不断地涌现，而我们，用余生去检验它们的影子。我希望我们能在相信点什么的时候迈向终点，能说，看吧，到死我至少坚持了这一点。可惜，死亡不需要信仰的证明书。（他侧过头对牧师说）对不起，牧师，您知道这并不针对谁。也许，最徒劳无功的死亡就是为某种价值的牺牲，

[1] 美杜莎之筏（The Raft of the Medusa），1816 年法国海军的巡防舰“美杜莎”号沉没，海难发生后幸存者在自制的木筏上漂流，后仅有十五人生还，其间甚至出现了食人求生的事件，该事件由法国画家西奥多·杰利柯（Théodore Géricault，1791—1824）取作素材作画，名为“美杜莎之筏”。

我们记住的，是颠覆我们价值的时刻，是说不出来价值的回忆。（他最后看了一眼棺材）愿我们都在船上，朋友们。

娜塔莎和幸子眼里闪着泪光，马可走到她们身边，相互拥抱，一起坐下。观众沉浸在起伏的情绪里，起初发现名人的兴奋激动跌入演讲的缅怀和伤感里，脸上表情处于两难之间，既不能回到兴高采烈，又不能掩盖惆怅悲伤。所有人都下意识地挪了挪屁股，调整一下坐姿，但谁也不能安分守己地坐在椅子上。葬礼要结束了。就在牧师说过了结语，大家准备起身前往落棺的墓地时，亚历山大的大女儿一言不发地走到台上，她从上衣的口袋里掏出信封，撕开，抽出一张厚信纸，然后她把嘴靠在麦克风上说，请大家少安毋躁，我还有一封来自父亲的信要读。她展开信纸，用手碾平，用英文讲述：

亲爱的各位，

要是有意想不到的客人出现在我的葬礼上了，大家便能听到这封信。比起律师公证过的遗嘱，这才算是我遗言的遗言。很多职业都在战后消失了，唯独律师这份令人讨厌的工作还在。没错，我生前可不会这样讲，没人愿意得罪律师或者医生或者牧师，现在我可没有负担了，我他妈谁都能得罪不是

（因为脏话她对听众说了句抱歉）。

遗言的遗言，应该算是我最自由的时刻了。我觉得无所顾忌，却又无从下手。自由和死亡真是尴尬。朋友们，假设你们有幸在死前和我一样清醒，你便了解这样的感受，可不是什么战栗和释怀，就只有尴尬。人活着和死去的尴尬。造物主绝对是以讽刺喜剧的方式来制造人生的。你以为穷其一生是为了某种自由，轮到了死前给你，你还什么也做不了。我不知道我的朋友们有没有在生前做到了。如果你跟我说你有，我说，成，又多了一个幻想。

如果有意想不到的客人出现了，我真想从棺材里爬出来，再见他们一面。他们都是我这么多年没见过的人。我是不是该和不少人说句抱歉，哎，可惜我说不出口，太多人了，而且等到遗言的遗言再说这么一句，总有些不太真诚。这封信不是滥俗的死前赎罪那一套。

我该说点什么。

（教堂的大门再一次被推开，像是地上裂开了口子。外面庆祝的声音更吵了，潮水般一阵阵从裂开的口子涌进来。牛津的人都回了头，目不转睛地望着门口。潮水和风一起进来，教堂就快成了风的城堡，淹没在喧哗的潮水里。没人出现。）

那些说你在死前能见到更大更广阔事物的言论真是扯淡（她再次为措辞致歉）。我的视觉，听觉，味觉，都缩小了，缩小到我自己身上，一段具体的时间上。这些自我的细节变得无比清晰。我只看得见自己的欲望和渴求，它们在我身上留下的痕迹。你们一定会问，要是让我回去，会有什么改变之处吗。没有。我对那些我心怀愧疚到最后一刻的人说的也是一样，没有。因为没有过去能被改变，我们也不要借什么假设来慰藉自己和他人。遗憾是一种可耻的情绪。只有怀念是正当的，同样记住可耻和可贺可喜的时刻。

所以，对于我来说，我只能怀念自己还能感到遗憾的时候，但绝不是遗憾本身。我们还能修正和开放的时候。举一个比方，以为自己只是短时间落水，头马上就能伸出水面，再次呼吸的时候。我们总以为会有大船过来把我们依次打捞起来，或是神秘的力量吸干了水，到头来这些外界的形象都是幻想。泡在无边界的水里的时候，就是我们对未来还有期望，对当下还有遗憾。现在想来，不存在什么打捞，要是能不孤单一人地淹死，便是幸事。

我这么说，可不是要拉些陪葬的人一起。相反，我希望我的相识们都能继续活下去。越久越好。千万不要有厌世的心态，因为厌世和此前说的遗憾，都是一类情绪。你想想，就连厌世的前提也是活着。

我有点语无伦次，还有点说教的倾向。这都是将死之人的特征。

我一如既往地爱你们，亚历山大。

大女儿读到最后一句啜泣起来，掩面走下来，她的兄弟姐妹们迎上去和她拥抱。棺材合上，钉好，一把土撒在上面。土葬已被禁止，这仅是象征举措。葬礼上谁也不认识的一群人此时也离开了，他们像是在找谁，马可和爱德华保持了距离和警惕。苏珊说，如果 L 连葬礼都没来，那他是真的死翘翘了。娜塔莎说，我们要合一张影，你们介意把棺材也放进来吗。大家都不介意。我说，我来给你们照吧。娜塔莎说，不，你过来充当 L。苏珊说，瞧，我们年轻的 L 走过来了。

大家找了近处的酒吧，让老板把私藏的酒都拿出来。爱德华说，怎么，我们要在酒里淹死一回吗。马可说，就像他生前说的，总会有比这更惨的死法。我忘记了补充采访的事，这本是焦点小组访谈的最佳机会。但我仅仅想听他们说些无关紧要的琐事，没有人提及战争，一句也没有，工作也不谈及。幸子说，要是放在过去，我们都退休二十年了[1]。苏

[1] 战前有法定退休年龄的传统，一般在 55—70 岁。

珊说，对，那时候还有工作时间限制，现在真的成了没有边界的社会。娜塔莎说，遗憾真是可耻的吗。爱德华说，这你要问马可，他最有发言权了。马可说，这点上，我和那个混蛋想得出奇一致。爱德华说，那我们举杯敬一下。他们比年轻人下酒要快，连我也追不上，没过多久，醉晕晕的。

娜塔莎说，快把L的本子拿出来，再给我们看一眼。我说，好，恐怕是最后一次，之后就难得带在身上了。我掏出红色本子，把它放在桌子上。它突然像是一桩展出的烈士遗体。大家注视着未翻开的本子，沉默不语。马可说，它像是一本航海日志。

我从宿醉里醒来，头晕眼花伸手去喝水的时候，意识到房间里被整理过了。我的衣服被收起来，散落在桌上的物件整理地按序摆着。天没亮多久，屋子透着灰蒙蒙的光。窗帘随风摆动，柔软地簌簌经过地板。在我即将再次入睡之际，我看见桌上多出来的字条，红色的本子不见踪迹，而字条上写四个微小的字：

水下之人

我便把它作为此书的标题。